KB010784

나는 매일 치열하게 살아갑니다

단 하루만이라도 평범할 수 있다면

나는 매일 치열하게 살아갑니다

단 하루만이라도 평범할 수 있다면

뱅크북

들어가는 글

장애를 안고 태어났다. 병원에서는 재활밖에 방법이 없다는 말뿐이었다. 의사의 말은 억장이 무너지게 했다. 부모님은 정상적으로 걸을 수 있도록 유명하다는 병원은 다녔다. 그러다가 아버지는 걷기연습을 시켰다. 처음에 걷기연습을 할 때에는 한걸음 내 딛지도 못 했다. 아버지의 따뜻한 격려와 위로가 걷게 하였다. '진행아, 일어나 천천히 걸어 봐!'라고 용기를 주었다. 아버지의 격려는 장애를 이기게 하였다. 하지만 성장과정 속에서 '왜 나는 장애인으로 태어났는가?'와 '왜 나는 못 걷는 거지?'하는 물음이 늘 따라다녔다. 외갓집에서 1년 동안 특수학교를 다니다가 일반학교로 입학을 했다. 학교를 다니면서 친구들로부터 따돌림을 받기도 했다. 따돌림을 견딜 수가 없었다. 때로는 싸우기도 했다. 역부족이었다. 휠체어에 의존하며 초등학교 1년을 보냈다. 심하게 괴롭혔던 친구는 학년이 거듭되면서 나를 이해하면서 초등학교를 졸업할 때에는 친한 사이가 되었다.

중학교까지 일반학교를 다니다가 고등학교는 부모님 권유로 특수학교로 입학했다. 고등학교 2학년 때 전국장애인체전에 출전하기 위해 선배들과 연습을 했다. 치열한 연습 끝에 출전한 전국장애인체전에서 노메달이라는 결과를 얻었다. 절망할 시간이 없었다. 몇 달 뒤 경기도장애인체전이 열린다는 소식이 들린다. 기회는 있었다. 전국장애인체전에서 못 딴 메달을 경기도장애인체전에서 획득한다. 그렇게 고등학교 2학년을 보내고 드디어 고3이 되었다. 대학에 가고자 하는 마음이 강했다. 학교에서는 대학에 가고 싶다면 도서관에서 하루 종일 자학자습을 해서 가라는 말을 한다. 아무런 말도 못 하고 자학자습을 하여 시험을 봤다. 4명이 시험을 보았다. 3명은 떨어지고 한명만 대구대학교에 합격을 했다. 그 이후 후배들에게는 대학 입학을 위한 보충수업과 모의고사를 보게 해 주는 등 지원이 많아졌다는 말을 들었다. 후배들마저 나와 같은 방식으로 했다는 말이 들렸다면 마음이 아팠을 것이다. 그나마 지원을 해 줬다는 말을 듣고 마음이 흐뭇했다. 겨울방학동안 집에 있으면서 부모님과 어떻게 할지를 의논하고 있었다. 그러던 중 담임 선생님으로부터 방송대 입학 지원서 제출에 대한 제안을 받는다. 고민도 하지 않았다. 당시 부모님은 직업학교에 가서 기술을 배운 후 취업하기를 원했다. 하지만 대학을 가고자 하는 마음이 강해서 방송대에 지원하기로 마음을 먹고 담임을 만나 지원을 했다. 법학과에 합격해 12년을 다녔다. 입학과 동시에 낮에 다닐 수 있는 회사에 취업을 했다. 그렇게 주경야독을 하면서 12년을 다녔다. 회사도 한군데만 다니지 않았다. 6군데 정도를 옮기며 회사생활을 하였다. 전부 비정규직이었다. 회사를 다니면서 중간에 공무원이 되고자 시험을 봤으나 매번 떨어졌다. 하지만 포기하지 않았다. 장애인으로 살 길을 찾아야 했다. 장애를 이겨보기 위해 치열하게 살아온 인생이다. 실패를 자주 겪었다. '넘어져도 인내하면서 다시 일어나 걸어 나가라'는 아버지의 말이 실패를 겪을 때마다 들려왔다. 그때마다 다시 용기를 내어 시작했다. '감사마스터'라는 개인브랜드로 100인의 감사인터뷰 이벤트를 하다가 감사콘서트도 하고 감사인터뷰 관련 책도 2019년 1월에 출간했다. 개인 이야기책을 쓰고자 2019년 10월부터 글을 써서 2020년 6월에 《마음 장애인은 아닙니다》를 출간했다. 글쓰기를 좋아한다. 책도 즐겨 읽는다. 닉 부이치치를 넘어서는 강사가 되기 위해 발음연습을 시시때때로 하고 있다. 강의를 하는 모습을 매일 상상한다. 이제까지 강의를 할 기회가 종종 있었다. 올해 초에 이런 생각을 했다.

'올해 책 출간이 되면 강의할 기회가 자주 생길거야. 기대된다.'

하지만 올해 2월 코로나19 바이러스가 유행했다. 이 글을 쓰고 있는 지금, 확진자 수가 천명에 육박했다는 소식을 들었다. 희망이 사라지는 듯하다. 강사가 되고자 하는 희망이 사라지는 건가? 절망만 하고 있을 수 없다. 움직일 수 없는 상황이지만 집에서 할 수 있는 상황을 만들어야 한다. 위기를 벗어날 방법은 있다. 늦지 않았다. 코로나시기에 맞게 지금부터라도 준비를 하면 기회는 온다. 강사의 꿈을 이루는 모습을 보여 주려고 헌다.

이 책은 아래와 같이 이루어져 있다.

1장에서는 내가 가지고 있는 장애. 최고의 웃음, 감사 등등에 대해서 이야기한다. 내가 생각하는 편견은 무엇인지, 치열하기 살아온 흔적을 살아온 삶을 회상하면서 이야기가 전개된다.

2장에서는 책에서 만난 장애를 극복한 위인들은 어떤 삶을 살았는지를 알아보고 그들에게 장애는 아무 것도 아니었고 도전했음을 이야기한다.

3장과 4장은 장애를 극복한 한국과 서양의 위인들의 삶을 통해 배운 점을 통해 현재 실행하고 있는 것을 이야기한다.

5장은 비록 장애인으로 태어났지만 나를 알고 난 뒤 모든 것은 감사할 제목이 되었음을 이야기한다.

치열하게 살아왔다. 앞으로도 치열하게 살아가려고 한다. 치열하게 사는 것을 좋지 않게 볼 수도 있다. 하지만 치열하게 산다는 것은 열정이 있는 것이다. 자신이 누구인지 알기에 치열한 삶을 산다. 장애를 극복한 한국과 서양의 위인들도 치열한 삶으로 장애를 이겨냈다. 그들처럼 앞으로 치열하게 도전하는 삶을 살아가려고 한다.

매일을 치열하게 도전하며 살다
저자 이진행

차 례

제1장

내가 가진 것들

1. 선천성 뇌성마비

태어날 때부터 장애인이었다. 장애와 더불어 살아온 인생이다. 그렇게 46년을 장애를 친구 삼아 살아왔다. 때로는 넘어지기도 하고 때로는 미약한 걸음으로 걸어가기도 하면서 이날까지 왔다. 그렇다. '뇌성마비'라는 장애를 가지고 살아온 인생이다. 어린 시절, 내 자신이 싫었던 때가 많았다. 하지만 아무리 '뇌성마비'라는 장애를 없애 보려고 노력해 보았자 아무런 소용이 없었다. '뇌성마비'라는 장애는 2020년 6월에 출간된 내 책《마음장애인은 아닙니다》에서 말했듯이 인내이고, 친구이자 넘어야 할 산이었다. '뇌성마비'라는 장애는 내 생각을 바꿔 주었고 더 나아가 세상을 바라보는 내 시야를 넓혀주었다. 태어날 당시에는 두려웠지만 그 두려움이 오히려 '희망'을 바라보게 해 주었다. 요즘은 길거리에 나가면 코로나19 바이러스로 인하여 장애인들을 자주 보지 못 한다. 코로나19 바이러스가 유행되기 전에는 나보다 장애가 심한 장애인들을 보면 가까이 가서 '뭐 도와 드릴까요?'라고 말을 한다. 그러면 십중팔구 장애인들은 자기 힘으로 하려고 한다.

잠깐! 여기서 장애인들에게 도움을 주기 전에 팁을 하나 알아두면 장애인을 대하기가 편하다. 장애인들을 도와주려는 마음은 안다. 하지만 장애인들에게 도움을 주려고 할 때에는 먼저 아래와 같이 물어보아야 한다.

"제가 도와드려도 될까요?"

그러면 장애인들이 대답을 할 것이다.

"네, 조금만 도와주시겠어요."

도움을 주었으면 좋겠다는 의사표기를 할 때 도와주어야 한다. 왜냐하면 아무런 물음도 없이 도와주게 되면 장애인들은 이런 생각을 하게 된다.

'나 충분히 할 수 있는데 왜 도와주는 거지? 나 괜찮은데……'

장애인들이 도움을 요청할 때 도움을 줘야 한다. 요청도 하지 않았는데 도움을 주면 장애인들은 당황한 표정을 짓는다. 장애인을 대할 때 사용할 수 있는 간단한 팁이니 주의해 주었으면 좋겠다.

장애는 나를 움직이게 해 주었다. 코로나로19 바이러스로 인해 움직일 수 없는 환경이지만 하루 한 시간정도는 동네 한 바퀴를 돌고 있다. 움직여줘야 굳은 내 몸도 활력을 찾는다. 살아남기 위한 길을 알려준 장애로 인해 머물러 있을 수 없다. 동행하고 있는 장애 때문에 매일 살아나가기 위해 부단한 노력을 하고 있다. 이 노력은 평생 해야 할 숙명이다. 매일 치열하게 살아가고 있다. 나와 경쟁에서 이기기 위해 치열하게 살아간다. 무엇인가를 배우려고 하고, 무엇인가를 하려고 하는 욕구를 자주 발견한다. 장애를 가지고 있지만 요즘은 새로운 것에 도전을 시작했다. '뇌성마비' 장애는 도전하게 해 주었다. 새로운 도전은 '캘리그라피'이다. 코로나19 바이러스가 확산되기 전 지인 북콘서트에 갔다가 옆자리에 앉은 분과의 인연이야기를 하고자 한다. 그 분은 캘리그라피를 가르치고 있는 김정기 작가이다. 그 전에 지인 동생 오세진 작가 저자강연회를 갔다가 살짝 눈인사정도는 했다. 눈인사만 했으니 뭐 하는 사람인지 몰랐다. 다른 곳에서 만나겠지.하는 마음으로 집에 왔다. 그런데 다른 지인 북콘서트때 다시 만났다. 예쁜 캘리그라피 글씨체로 당시 지인 책 뒷부분에 내가 원하는 내용으로 써 주셨다. 이 날 캘리그라피 작가임을 알았다. 명함을 교환하고 집에 가면서 이런 생각이 들었다.

'나도 캘리그라피를 할 수 있을까?'

참지 못 하고 며칠 뒤 연락을 드려서 약속시간을 잡았다. 드디어 만나는 날 물어보았다.

"작가님, 저도 캘리그라피 할 수 있을까요?"

작가님은 웃으면서 말씀하셨다.

"그럼요. 충분히 하실 수 있죠."

그 한마디에 배워보기로 결심하고 배우기 시작했다. 배우면 배울수록 재미가 있었다. 수료를 할 시점이 다가오는 날, 작가님은 한마디를 하셨다.

"이작가님, 첫날보다 글씨체가 좋아졌어요."

그 말을 들으니 어깨가 들썩거렸다. 말을 할 수 없을 정도로 기분이 좋았다. 캘리그라피를 배우면서 이런 꿈이 생겼다.

'잘 배워서 장애인들에게 가르쳐 주어야겠다.'

선천성 외성마비로 태어났지만 지금은 여러 가지를 배우며 극복하고 있다. 장애는 많은 선물을 해주었다. 배우려는 의지를 선물해준 고마운 친구이다.

앞으로 많은 도전을 하려고 한다. 아니 도전을 함으로 멈추지 않는 열정을 보여주려고 한다. 또 다른 꿈, 캘리그라피 작가를 위해서도 연마를 계속할 것이다.

첫 아이로 장애아이로 맞이한 부모 마음은 청천벽력 같았다. 하지만 그 아이가 잘 자라서 걷게 되고 어눌한 말이지만 말도 할 수 있게 되었다. 하늘나라에 계시는 아버지, 지금도 내 옆에서 뒷바라지 하고 계시는 어머니에게 감사를 드린다. 장애는 고마움을 알게 해 준 내 분신과도 같다. 매일 치열하게 살아가도록 해 준 고마운 친구이다.

선천성 뇌성마비로 태어나 46년간 살아오면서 치열한 삶을 살아왔다. 장애는 한순간도 가만히 있지 않도록 했다. '할 수 있다'는 마음과 더불어 자신감을 선물로 주었다. 한때에는 장애로 인해 다른 이들의 눈치도 보았지만 이제는 당당히 나아가며 삶을 이어나가고 있다. 쳐다보건 말건 가야 할 길을 묵묵히 감당하며 나가면 된다. 세상에 눈총에 두 눈 불끈 뜨고 맞서야 할 때에는 맞서며 나가는 치열한 삶을 살아가는 당찬 장애인의 삶을 보여주려고 한다. 장애는 극복해야 한다. 매일 치열하게 살아가고 있다.

2. 두려웠던 긴 긴 밤

장애인으로 살아가면서 두렵지 않았다고 하면 거짓말일 것이다. 장애인을 이상하고 안타까운 눈길로 쳐다보는 이들로 인해 두려운 밤을 보냈다. 차츰 두려움을 이겨내면서 장애인을 쳐다보는 눈을 생활 속에서 개선하면서 나아가고 있다. 길고 긴 밤이라 함은 장애인으로 겪었던 수많은 편견을 말한다. 그 수도 없는 긴 긴 밤을 보내는 동안 따가운 눈총과 멸시를 얼마나 받았는지 그 누가 알겠는가? 장애를 겪어 보지 않고서는 그 마음 이해하지 못한다. 비장애인들이 이해하지 못 하는 이유는 장애인과 비장애인 차이를 이해하지 못 하기 때문이다. 차이를 이해한다면 차별은 하지 않을 것이다. 장애인이기 전에 한 인간이라는 인식을 가지면 얼마나 좋을까?

길거리에 장애인들이 보이면 사람들은 아직도 힐끗힐끗 쳐다본다. 쳐다본다고 뭐라고 하지는 않는다. 꼭 벌레 씹는 표정으로 쳐다보는 사람들이 있음에 마음이 아프다. 그럴 때에는 이렇게 생각한다.

"내가 뭐 잘못했냐?"
"사람 걸어가는 모습 처음 보냐?"

어떤 사람들은 불쌍하게 쳐다본다. 장애인이 불쌍한 존재는 아니지 않는가? 그런 세상의 인식으로 인해서 장애인중 세상 밖으로 나오지 못하는 이들이 많다. '함께 해요!'라고 말을 한다. 하지만 한편으로는 차별을 하는 모습을 본다. '말뿐인 함께하기'이다. 이런 인식이 장애인들을 길고 긴 밤을 보내게 한다. 길고 긴 밤을 보내고 있는 장애인들을 세상 밖으로 나가 자립하면서 세상 사람들과 어울릴 수 있도록 도움을 주는 자립생활센터라는 곳도 있다. 장애인들도 자신의 권리를 주장하면서 권익옹호활동도 하고 있다.

심한 장애를 가지고 있는 이들도 생각이 있고 똑똑한 이들이 많다. 우리나라 기업들은 장애가 경미한 이들만 채용하는 경향이 있다. 회사에 출근을 하지 않아도 함께 일을 할 수 있는 방법이 많이 있다. 모든 회사가 그렇지는 않는다. 출근을 하지 않고서도 함께 일을 할 수 있는 방법을 생각을 하는 회사도 있다. 단지 행동을 안 하는 거라 생각한다. 코로나19 바이러스로 인해 장애인 취업도 어려워졌다. 요즘도 계속 입사지원서를 내고 있지만 결과는 매번 똑같다. 나를 포함한 모든 장애인들은 코로나19 상황이지만 포기하지 않고 여기저기에 입사지원서를 내면서 취업의 성공을 기대하면서 살고 있다.

두려웠던 길고 긴 밤을 치열함으로 이겨냈다. '치열함, 간절함'이 길고 긴 밤을 버텨내게 해 주었다. 두려웠던 밤이 도전하게 해 주었고 앞으로 나아가도록 해 주었다. 장애로 인한 두려움이 발음연습을 하도록 했다. 매일 발음연습을 하고 있다.

이 글을 쓰기 며칠 전에 있었던 일이다. 몇 년 전에 알게 된 지인대표와 카카오톡으로 대화를 하는 중이었다. 스피치관련 교육을 하는 임파워에듀케이션 임정민 대표다. 톡으로 이렇게 말씀을 한다.

"캘리그라피도, 발음 연습도 열심히 하시는 멋진 분!!! 한 번 저희 교육원 오시겠어요? 제가 좀 디테일하게 도움 드릴게요. 옆에 제가 있지 않습니까?"

이 말을 들으니 고마운 마음이 들었다. 추석 전에 카카오톡으로 대화를 한 거라 추석 지나고 방문하겠다고 하고 대화를 마무리를 지었다. 며칠 후 약속시간을 정하고 교육원으로 방문을 했다. 사무실이 이사를 한지 얼마 안 되었다. 아담한 사무실이었다. 교육을 할 수 있는 큰 교육장, 작은 교육장이 있었다. 대표님과 차를 마시면서 자연스럽게 내 발음에 대해 이야기를 나누었다.

"진행대표님 발음연습하시는 모습 너무나 좋아 보여요. 그런데 도움을 드리고 싶어서 뵙자고 했어요. 일단 글자 중심의 발음연습은 당분간 하지 말고 제가 가르쳐 주는 방법을 사용해 보세요."

임대표는 3가지 발음연습방법을 알려주었다. 시시때때로 TV 시청을 하거나 독서를 할 때 사용하면 좋은 방법을 알려주었다. 첫 번째 방법은 혓바닥을 치아로 꾹꾹 눌려두는 방법이다. 그러면서 혀를 좌우로 움직이면서 눌러주라고 한다. 두 번째 방법은 입모양을 '아', '오', '우'로 벌리면서 5초간 버틴다. 단, 입술이 떨리지 않아야 한다. 임대표와 만나기 전에는 책을 읽으면서 또는 시를 낭독하면서 발음연습을 해 왔다. 그날 이후로 매일 컴퓨터 작업을 할 때나 독서나 TV를 시청할 때마나 가르쳐준 동작을 하고 있다. 고등학교 시절이 생각이 났다. 고등학교 1학년, 3학년 때 담임 선생님이 같은 선생님이었다. 김주영 선생님이었는데 발음이 나아지는 효과적인 방법을 알려 주었다. 그 방법인즉, 숟가락으로 혓바닥을 눌려주는 방법이다. 이 방범은 혀를 살짝 어루만져서 자극을 주는 방법이다. 당시에는 이 방법이 효과가 있을까 하는 의구심이 들었다. 대화도중 이 이야기를 했더니 그 방법도 좋은 방법이라고 한다.

'아! 담임 선생님이 알려준 방법이 효과가 있었던 방법이었구나.'

집에 오면서 고등학교 이후에도 그 방법으로 계속 해 왔더라면 지금쯤 발음이 더 나아졌겠다 하는 마음이 들었다. 하지만 지금도 늦지 않았다는 안도감이 들었다. 지금부터 연습을 하면 된다. 분명히 효과가 있으리라 믿는다. 그렇게 길고 긴 밤을 이겨내기 위해서 매일 치열하게 발음연습을 하고 있다.

여전히 길고 긴 터널과 같은 밤을 지나는 중이다. 사람들은 지나가는 원숭이 쳐다보듯이 쳐다본다. 그런데 그런 모습을 묵인하고 지나갈 때도 있지만 떳떳이 다가가서 내 상황을 이야기하기도 한다. 이럴 때에는 시선에 대한 두려움은 없어진다.

당당히 두려움에 맞서야 했다. 그렇다. 길고 긴 터널도 두려워하기보다는 즐기면서 지나면 언젠가는 좋은 날은 분명히 온다.

밤과 같은 두려움, 파도 타는 것처럼 즐기는 모습을 상상해 본다. 즐기면 그 두려움이 오히려 기쁨이 되지 않을까? 두려움도 즐기면 된다. 이젠 장애도 즐기면서 살아간다. 코로나로19 바이러스로 인해 모든 것이 막혀 버린 이 상황도 즐기며 살려고 한다. 즐기다 보면 터널도 지나겠고, 밝은 날은 기필코 온다.

치열한 삶을 사는 자는 장애물이 앞을 가려도 두려운 길을 당당히 나아간다. 터널처럼 두려운 인생이지만 긍정적인 마음으로 감사하며 도전하는 삶을 살다보면 어떤 두려움도 이겨낼 수 있다. 걷기연습할 때 한발 내딛기 어려웠다, 두려웠다. '과연 내딛을 수 있을까?'하는 마음에 두려움이 엄습했다. 하지만 한발을 내딛기로 결심한 순간 한발을 내딛을 수 있었다. 두려움은 자신감으로 변했다. 긴 터널 같은 걷기연습은 행동을 하는 순간 가능성을 보게 해 주었다. 성경에 출애굽기를 보면 홍해가 갈라지는 사건이 나온다. 홍해는 이스라엘 국민들이 발을 내딛는 순간에 일어났다. 이것은 중요한 가르침을 준다. 먼저 움직여야 일이 일어난다는 것이다. 걷게 된 일은 가능성을 보여준 사건이다. 첫 발을 내 딛는 순간 걸을 수 있음을 알게 해 준 일이다. 그 어떤 어려움이 다가와도 거뜬히 이겨낼 수 있음을 지금의 나에게 알려준다.

《마음 장애인은 아닙니다》가 출간된 후, 책에 싸인을 해 준다. 항상 적어 주는 글은 '도전하는 자와 감사하는 자는 마음에 장애가 없습니다.'이다. 두렵고 긴 긴 밤을 잘 이겨낼 수 있었던 데에는 도전하고 감사하는 마음이 함께 했다. 도전하고 감사하면 긴 터널쯤은 아무것도 아니다. 긴 터널은 곧 지나간다. 걱정만 하지 말고 도전하고 감사하면 문은 열린다.

3. 편견이 더 힘든 누군가의 어깨

"특정 집단에 대해서 한쪽으로 치우친 의견이나 견해를 가지는 태도"

'편견'에 대한 정의이다. 특정집단에 대한 편견을 말한다. 장애인을 포함한 사회적 약자에 대한 부정적 표현이다. 편견을 통해서 불이익을 받기도 한다. 편견에는 '좋다, 싫다' 등 가치판단이 포함된 부정적인 정서적 측면을 동반한다. 또한 편견은 차별의 기초가 된다. 차별은 무엇인가? 차별이란 사회적 상황에서 집단에 따라 차등을 두어 대우하는 행위로, 특정 집단이나 그 집단에 속한 개인에게 불이익을 주거나 불평등하게 대우하는 외현적 행동으로 나타난다. 누군가는 편견을 받음으로 더 힘들어지고 더 이상 사회생활을 멈춰버리는 경우가 많다. 자기와 다르다고 차별을 한다. 자기와 생각이 다르다고 배제해 버린다. 편견을 계속 가지다 보면 차츰 차별의 마음이 들어온다.

장애인에 대한 편견에 대한 처우는 많이 나아졌다고 한다. 하지만 우리나라는 아직도 장애인에 대한 편견을 많이 가지고 있다. 장애인들은 불편한 곳이 많으니 도와줘야 한다고 한다. 또한 놀이공원이나 피서지 같은 곳에서 장애인이 보이면 사람들은 이런다.

'몸도 성치 않는데 이런데 왜 왔지?'

장애인들은 놀이공원과 피서지 같은데 가면 안 되는가? 이럴 때에는 장애인 눈에는 눈물이 흐른다. 요즘은 버스에 휠체어가 탈 수 있는 저상버스가 운행되고 있다. 몇 달 전 일이다. 저상버스를 타고 가는데 중간에 휠체어를 탄 장애인이 탔다. 시간이 4~5분 정도 지체가 됐다. 지체되는 상황에서 버스 안에 있었던 사람들은 얼굴을 찡그렸다. 그러면서 차마 말 못 하고 표정으로 말하는 그들이다. 아마도 이렇게 말하고 싶은 표정이다.

'바빠 죽겠는데 휠체어장애인은 왜 태우는 거야?'

곁으로는 표현을 안 했지만 5분도 못 참는 표정을 보면서 아직도 편견이 아직도 있음을 절감했다. 조금만 참으면 되는데 못 참는다. 자신들은 이것이 '편견'이라는 것을 알고 있을까? 편견을 표정이나 언어로 표현하는 이 세상이 서글프다. '역지사지'라고 했다. 상황을 바꿔서 생각했더라면 그런 생각을 하지 않을 것이다. 이렇게 생각해 주는 너그러움이 필요하지 않을까?

'그래, 5분 늦게 출발하는 것인데 느긋하게 기다리지.'

느긋한 마음과 너그러운 마음을 가진다면 편견을 하려는 생각은 처음부터 하지 않았을 것이다. 편견을 받는 장애인들 어깨는 점점 무거워진다. 저상버스도 장애인들이 건의해서 만들었다. 다 같이 더불어 살자고 만든 정책이다. 버스 한번 타 보고 싶은 휠체어장애인들의 버스 탈 권리를 박탈하고 있는 셈 아닌가?

모든 국민은 일을 할 권리, 배울 권리가 있다. 더 나아가 버스나 지하철, 공공시설을 자유롭게 타고 이용할 권리가 있다. 장애가 있어 제때 배울 기회를 가지지 못 한 장애인들도 늦게라도 학업을 이어나간다. 하지만 장애인들은 일을 하고 싶은데 장애가 있다는 이유로 일할 권리가 억압되고 있다. 물론 장애인 근로부분에서도 어느 정도는 진전이 있다. 하지만 아직도 일을 하고 싶어도 취업이 되지 않아 매일을 입사지원서 보내는 걸로 허송세월을 보내는 장애인들이 많다. 비장애인들도 취업이 안 되는 요즘 상황이다. 모든 청장년층 취업이 막혀버렸다. 장애인들도 취업이 안 된다고 가만히 있으면 안 된다. 다른 길도 생각해 봐야 한다. 역량을 키워서 자기만의 길을 창출했으면 한다.

장애인들은 단지 몸이 불편할 뿐이지 장애가 없는 이들과 비교해 다른 것은 없다. 똑같은 사람으로 존중받으며 오래오래 살고 싶은 욕망이 있다. 또한 행복한 삶을 원한다. 장애가 있다고 기본적 욕구가 없는 것은 절대 아니다. 장애인도 인간이다. 기본적인 욕구는 같다. 비장애인에 비해 불편하고 상대적으로 기회가 박탈되는 경우가 많다. 그래서 약자로 분류되고 편견 대상이 된다.

과거에 비해 괄목할 정도로 장애인에 대한 인식은 개선되었다. 장애인들이 안전한 생활을 할 수 있는 기반이 다져진 것은 인정한다. 그럼에도 불구하고 장애인으로 살아가는 데에는 너무 힘들고 어려운 부분이 많다. 사회적 관심도 부족하고 비장애인들과 비교해 불편하고 힘든 것은 사실이다. 인정할 것은 인정하고 싶다.

장애인도 이 나라를 구성하고 있는 중요한 요소인 국민임을 알아주었으면 한다. 헌법 10조는 아래와 같이 보장하고 있다.

"모든 국민은 인간으로서의 존엄과 가치를 가지며, 행복을 추구할 권리를 가진다. 국가는 개인이 가지는 불가침의 기본적 인권을 확인하고 이를 보장할 의무를 진다."

비장애인뿐만 아니라 장애인도 존엄하다. 가치가 있다. 행복을 추구할 권리가 있다. 장애인이기 이전에 한 인간임을 안다면 어찌 편견을 가지고 차별을 할 수 있을까? 모든 국민이 인간으로서 서로 존중했으면 한다. 더 나아가 편견과 차별을 하는 것이 아닌 차이를 존중한다면 얼마나 좋을까? 이렇게 되려면 온 국민이 노력해야 한다.

진정 아름답고 행복한 사회는 어떤 사회일까? 소외된 약자와 소수자가 행복한 사회이다, 다수가 행복하고 소수가 불행하면 그 사회는 진정 행복한 사회는 아니다. 누군가는 편견으로 어깨가 무겁다. 이제는 편견과 차별을 멈춤으로 편견으로 억눌린 삶을 사는 이들 어깨에 자유로운 날개를 달아주자!

사회의 진정한 구성원이 되고자 치열하게 이 시간에도 노력하고 있는 장애인들이 있다. 장애인자립생활센터에서 근무를 할 때 가끔씩 장애인 인권과 장애인 처우개선을 위해 시위를 나갔다. 목소리를 높여 장애인 처우개선을 외치지만 들으려고 하지 않는 정부의 모습이 보였다. 시위를 하는 그때만 들을 뿐 뒤돌아서면 귀를 닫아버리는 그들의 모습이 야속했다. 그럼에도 불구하고 장애인들은 나가서 외친다. 치열하게 외친다. 부디 그들의 치열한 노력을 차단하지 말았으면 한다. 오히려 알아주고 보듬어주는 사회가 되었으면 하는 바람이 있다. 들음에서 끝나지 말고 약속을 지키는 모습을 보여주면 얼마나 좋을까?

장애인들의 의견을 안 들어준다는 것은 편견을 가지고 있다는 반증이다. 이로 인해 장애인들의 어깨는 무거워진다. 누군가의 편견이 소수의 약자들의 어깨를 무겁게 만든다. 편견이 없는 세상을 원한다. 편견이 아닌 사랑과 관심으로 가다가 주었으면 한다.

장애인들도 도움만 받으려고 하지 말고 비장애인들과 연대하면서 편견을 없애 나가는 지혜로움을 발휘래야 한다. 서로서로 도와가면서 존중하고 차이를 존중해 주면 좋겠다.

4. 나를 막을 건 세상에 없다

"진행이를 그 누가 막으랴!"

열심히 살고 항상 도전하는 모습을 보고 지인이 해 준 말이다. 좋은 의도로 말씀을 해 주심에 감사드린다. 그렇다. 도전하는 자는 그 누구도 막을 수 없다. 살기 위해서 도전한다. 장애를 이겨내려고 매일 도전하는 삶을 살고 있다. 매일 반복하는 것이 있는 자는 막을 길이 없다. 그것이 부정적인 역할을 한다면 막아야 하지만 긍정적인 역할을 한다면 응원과 격려를 해 주어야 한다. 매일 운동, 발음연습, 글쓰기를 꾸준히 하고 있다. 꾸준히 하는 자를 그 누가 막을 수 있겠는가?

　매일은 아니지만 일주일에 한번은 캘리그라피를 연습하고 있다. 처음에는 가능할까 하는 염려가 있었다. 하지만 가르쳐 주는 작가님에게 '잘 할 수 있을 것 같다'라는 말을 듣고 용기를 내어 매주 1~2회 정도 연습에 몰입하고 있다. 글을 쓰거나 캘리그라피를 할 때면 머리에 잡념이 사라진다. 그 시간에는 마음에 평화가 찾아온다.

　코로나19 바이러스로 인해서 집 근처 관악산에 자주 오른다. 산길을 걸을 때에는 산의 정취와 공기를 느낀다. 비록 마스크를 착용하고 걷지만 간혹 부는 바람에 신선함을 느낀다. 코로나19 바이러스가 처음 발병이 될 때에는 두려움에 휩싸여서 산에 갈 염두가 안 났다. 그런데 차츰 이 상항이 당분간은 지속될 것을 인지한 후부터는 집에만 머무를 수만은 없었다. 이런 생각은 다시 산에 갈 마음을 주었다. 산에 가면 나만의 시간을 가질 수 있어 좋다. 사업에 대해서 생각도 하고 글감도 생각도 한다. 더 나아가 다리에 근력이 생긴다. 더욱 건강해짐을 느낀다. 한시도 가만히 있지 못 하는 성격이다. 코로나19 바이러스 확진자가 늘어갈 때에는 답답한 마음이 들었다. 그렇다고 움직이지 않을 내가 아니었다. 집 안에서도 움직였다. 집안에서 운동을 계속 했다. 밖으로 못 나갈 바에는 집안에서 운동을 해야겠다는 마음이 그나마 마음에 위안을 주었다. 코로나19 바이러스가 발병되기 전에도 운동은 쉬지 않았다. 이렇게 움직이는 나를 아무도 막을 수 없다.

치열하게 사는 자는 아무도 막지 못 한다. 하루를 헛되어 보내지 않는다. 사전에서는 '치열'을 이렇게 정의하고 있다.

"기세나 세력 따위가 불길같이 맹렬함"

기세가 불같이 맹렬한 사람은 누구도 막지 못한다. 기세가 있다는 것은 기운차고 의지가 있다는 것이다. 하나를 맡으면 끝까지 마무리하는 성격이다. 끝까지 마무리함에는 강한 의지가 필요하다. 의지가 없는 자는 중간에 그만둔다. 몇 년 전 등산할 때 너무 의지가 강해서 쉬지도 않고 계속 걷다가 마지막에 가서 넘어졌다. 강한 의지를 가졌을지라도 중간에 쉬면서 마지막까지 갔어야 했다. 인생도 가다가 지치면 잠시 쉬어 가면서 가야 하듯이 말이다. 회사 면접을 볼 때 솔직히 말을 하는 것이 좋다. 괜히 면접 시 거짓말을 하면 근무를 할 때 탄로가 난다. 하지 못 하는데 이것도 할 수 있고 저것도 할 수 있다는 말을 해서는 안 된다. 정작 출근을 하게 되어서 일을 하다 면접을 볼 때 말했던 것과는 다르게 행동을 하면 신뢰를 잃게 된다. 언행일치의 삶을 살아야 한다. 치열하게 사는 자는 말과 행동도 일치한다.

몇 년 전 '사회복지법인 해든'에서 근무할 때이다. 수습직원으로 3개월을 근무를 하고 정직원이 되었다. 수습직원으로 일을 할 때에 실수 아닌 실수를 종종 했다. 국장은 일처리가 정확했다. 국장이 처음에는 싫었다. 하지만 국장은 나의 업무 능력을 높이기 위해 그렇게 엄하게 하신 것이었다. 업무를 봄에 있어서 잘못이 있을 시에는 월급에서 몇 시간의 급여를 제외하고 월급을 주셨다. 퇴직할 때 제외했던 금액은 다 돌려주었다. 그때 알았다. 업무 능률이 나아지기를 바라는 마음이 느껴졌다. 국장은 퇴직하는 나를 보면서 한마디를 했다.

"진행씨, 일을 시킬 때 힘들게 해서 미안해요."

국장이 미안할 일이 아니었다. 열심히 일하고 싶은 의지가 있었지만 매일 업무에서 잘못을 저지르는 나에게도 잘못이 있었다. 작년인가 전화통화를 했다. 물론 먼저 연락을 드렸다. 페이스북으로 내가 하는 활동을 보고 있으셨다. 국장은 전화통화를 하면서 이런 말을 하셨다.

"진행씨와 일할 때 이야기를 많이 하면서 진행씨가 잘 하는 것이 무엇인지 서로 공유를 못 한 것이 너무 아쉬워요. 페이스북에 올라오는 글을 보면 놀라움을 금치 못해요. 조금만 관심을 가질 걸 그랬네요."

그 후로 자주 연락을 하지 않았지만 어딘가에서 잘 지내시리라 믿는다. 당시에는 불편한 국장이었지만 지금은 종종 보고 싶어진다.

치열하게 살아왔다. 비정규직으로 몇몇 회사를 자주 옮겨 다녔다. 일을 할 때에는 꾀부리지 않고 열심히 일을 했다. 요즘은 지원서를 내는 것을 멈춘 상태이다. 내가 좋아하고 잘 할 수 있는 일을 해야겠다는 생각이 최근에 들었다. 지인이 하는 사업을 같이 하고 싶어서 그 사업을 홍보를 하고 있지만 역부족을 느꼈다. 하지만 그 사업 전망을 알기에 포기를 할 수 없는 상황이다. 꽃판매도 코로나19 바이러스로 인해 마이너스이다. 꽃판매는 내려놓을 수 없다. 꽃판매와 지인이 하는 '사진액자화환서비스'를 겸하여 하면서 수익이 동등해 질 때 사진액자화환서비스로 옮기려고 했다. 하지만 언제 수익이 동등해질지 몰라 과감한 결정을 했다. 과감하게 꽃판매를 내려놓고 사진액자화환쪽으로 옮겼다. 과감한 결단이 놀라운 성과를 내리라 믿는다.

"꽃도 많이 안 팔리는데 그만 두어라!"

생활비조차 되지 않는 꽃판매 사업을 하고 있는 것을 보면서 어머니가 하신 말이다. 어머니 만류에도 사업을 지속해왔다. 고집이 있는 편이다. 어머니 말대로 내려놓고 싶지만 쉽사리 내려

놓지 못 하는 모습을 발견했다. 지인이 하는 사진액자서화환비스도 좋은 사업이고 전망이 있어 보여 본격적으로 시작하기 전부터 홍보를 해 왔다. 그런데 잘 안 된다. 하지만 내가 누구인가? 안 되면 되게끔 만드는 사람이다. 그 누구도 막을 수 없는 기발한 방법을 모색하여 성장하는 면모를 보여 줄 것이다.

치열하게 사는 자는 막을 수가 없다. 불굴의 의지가 있기에 불도저처럼 나아간다. 안 된다고 포기하지 않는다. 이런 성격은 아버지와 함께 한 걷기연습을 통해 내재되었다. 넘어지면 일어나면 된다. 사업을 하다가 무너지면 다시 시작하면 된다. 치열하게 살면 된다. 이런 자는 그 누구도 막을 수 없지 않는가?

나 이진행, 불굴의 사나이다.
나를 막을 세상은 없다. 덤벼라 세상아!
멋지게 응수해 주리라!

5. 치열하게 살아온 나의 흔적

삶에서 도전하면서 살아가는 사람들에게는 치열하게 살아온 흔적이 있다. 아름다운 사람에게는 '아름다움'이라는 흔적이 남는다. 예쁜 사람에게는 '예쁨'이라는 흔적이 남는다. 항상 가만히 있지 못 하는 성격이라 도전하는 삶을 살아왔다. 그만큼 치열한 삶을 살아왔다. 치열하게 살아온 자에게도 치열하게 살아온 흔적이 있다. 2020년 6월에 출간된 책 《마음장애인은 아닙니다》에서도 말했듯이 걷기 위해서 얼마나 걷기연습을 했는지 모른다. 넘어지고 넘어지고를 무한 반복하면서 걷기연습에 매진하였다. 무릎이 성한 데가 없이 걷고 또 걸었다. 넘어진 상처에 연고를 발라주

시던 어머니 모습이 선하다. 발라주시면서 얼마나 속으로 우셨을 지 생각만 해도 마음이 미어진다. 그런 어머니에게 잘 해 드려야 하는데 가끔 어머니의 마음을 아프게 해 드리는 것이 야속하기도 하다. 하지만 기회는 많다. 어머니가 오랫동안 사셨으면 한다. 치열하게 살아온 흔적에는 부모님의 수고가 있다. 부모님의 헌신이 아니었다면 치열한 삶을 살지 않았을지도 모른다. 살아계시는 어머니에게 마음만이라도 편안하게 해 드리고 싶다.

장애인으로 살면서 치열하게 살아왔다. 많은 사람들의 멸시와 조롱을 받았다.

"왜 저 아저씨는 저렇게 걷고 말하는 거야?"

지나가다가 동네 아이들 말이 듣기 싫었다. 하지만 서서히 나이가 들어가면서 나와 함께 하는 장애를 받아들이는 순간 마음속에는 평안이 찾아왔다. 이젠 동네 아이들의 부정적인 말을 들어도 그냥 지나친다. 지나치기도 하지만 다가가서 어눌한 말투로 그 아이에게 '몸이 불편해서 그래.'라고 말을 한다. 그 아이가 이해를 했으면 좋겠지만 혹여나 아니어도 상관없다. 다음에 만나도 또 그러면 계속 말을 해 줄 거니까.

어눌한 말투를 고쳐보기 위해 발음연습을 게을리 하지 않는다. 꾸준히 하는 것이 있음이 행복하다. 꾸준히 하는 것이 있다는 것은 치열하게 살고 있다는 증거이다. 대화가 가능하려면 말을 잘 해야 한다. 더 나아가 소통이 가능해야 한다. 이런 욕구가 있기 때문에 매일 치열하게 시시때때로 발음연습을 한다. 발음연습을 매일 하는 이유는 하고 싶은 일이 있기 때문이다. 강사가 되어 강의를 하고 싶어서이다. 물론 지금까지 강의를 한 번도 안 해 본 것은 아니다. 강의를 처음 한 날은 언제이었을까를 생각해보았다. 강의라고는 할 수 없지만 중고등부 교사 시절에 분반공부 시간에 짧게나마 한 기억이 났다. 아이들에게 말을 하는 것이었지만 가슴이 뛰었다. 그 짧게 아이들에게 말하는 것이 첫 강의라고 할 수 있다. 매주 강의를 했다. 상호소통강의를 했다. 아이들은 어눌한 말투의 내 말을 귀 기울어 들어 주었다. 고맙다는 말을 지면으로나마 해 주고 싶다. 그 후 지금은 하지 않지만 수요일마다 나갔던 수요북포럼에서 '톡스'시간에 15분 동안 내 이야기를 했다. 아이들에게 했던 것과는 달랐다. 아이들과는 성경이야기를 했지만 북포럼에서는 내 이야기를 나누었다. 북포럼 톡스를 하기 전부터 아침과 저녁으로 발음연습을 한 것이 도움이 되었다. 좀 떨긴 했지만 60%는 성공한 것 같았다.

"정확하게 내용을 알아들을 수 있어서 좋았어요."

마치고 나서 톡스를 들은 사람들 반응이다. 그날 마치고 집에 가면서 발음연습에 매진해야겠다는 생각이 온 몸을 감쌌다. 바로 다음 날부터 강도를 높여서 발음연습에 돌입하였다. 그 후로 자주 나가는 모임에서 같은 내용으로 15분 스피치를 했다. 몇 달 후 감사콘서트를 만들어서 그날 25분 강의를 하게 된다. 그날 오신 청중 중 한분의 소개로 외부강의를 몇 달 후 하게 되었다. 그렇게 강사의 꿈을 이루어갔다. 강의 몇 번 한 것으로 강사가 되었다고는 말을 할 수가 없다. 그래도 외부강의를 해 봤기에 감사하다. 강사가 되기 위해 치열하게 노력을 얼마나 했는지 말도 못 한다.

치열하게 사는 자는 가만히 있지 않는다. 앞에서 가만히 있지 못 하는 성격이라고 했다. 아침 일찍 일어나면 아침에 짧게 한 페이지라도 독서를 한다. 오후에도 시간이 생기면 독서를 한다. 아침 식사 후에 짧게 운동을 한다. 운동 후 짧게나마 글을 적는다. 점심식사 후 개인 용무를 보거나 독서를 한다. 움직인다. 그것도 치열하게.

치열하게 살아온 데에는 부모님의 헌신이 있었다. 부모님이 헌신이 아니었다면 내 마음대로 살아가는 인생이 되었을 것이다. 무엇이든지 열심히 마지막까지 하는 아버지에게서 근면과 성실을 배웠고, 초등학교 1학년 시절, 등하교할 때 나와 한 몸이 되어 준 휠체어를 눈이 오나 비가 오나 밀어 주셨던 어머니의 사랑을 배웠다. 아버지의 근면과 성실, 어머니의 사랑이 치열하게 살게 했다.

아버지는 항상 말씀하셨다.

"인내하면서 살아라!"

아버지는 인내심을 키워준 고마운 분이다. 그런 아버지로 인해 인내를 친구 삼고 동행하고 있다. 때로는 엄격하셨지만 마음만은 따뜻하셨던 아버지의 인내하라는 말이 치열하게 살게 해 주었다. 아버지는 또한 이렇게도 말씀하셨다.

"성실하게 살아라!"

그렇다 성실하게 사는 자도 치열한 삶을 사는 이다. 치열하게 사는 이 중에 성실하지 않은 이들은 본 적이 없다. 성실하게 사는 자는 일을 맡겨도 마지막까지 완수를 한다. '성실'은 가치이기도 하다. 아버지는 성실하게 일한 모범이 인정되어서 퇴직할 당시 故 김대중 대통령으로부터 훈장을 받으셨다. 그 훈장은 우리 집 가보이다. 훈장을 받음으로 '성실'이라는 귀한 선물을 해 주신 아버지에게 감사를 드린다.

치열하세 살아온 자에게는 치열하게 살아온 흔적이 있다. 46 년 동안 살아오면서 많은 흔적을 남겼다. 앞으로 남은 삶이 얼마 나 될지 모르지만 아름답고 도전하는 삶의 흔적, 다른 이들에게 도전을 주는 삶의 흔적을 많이 남기려고 한다. 내 주변에는 치열하게 삶을 살아가고 있는 장애인과 비장애인들이 있다. 그들에게는 아름다움이 묻어난다. 아름다운 향기가 난다. 많은 분들이 삶을 그럭저럭 살지 말고 치열한 삶을 살기 바란다. 치열한 흔적을 많이 남기길 바란다. 코로나19 바이러스 시대이다. 이 어려운 시절, 잘 견뎌 냈다는 흔적 하나쯤은 남겨 놓아야 하지 않을까? 우리 한국은 숱한 어려움에도 치열하게 살아온 흔적이 많다. IMF위기도 치열하게 살아 슬기롭게 이겨낸 민족이다. 국가적으로도 치열하게 살아온 흔적이 있다. 개인적으로도 치열하게 살아온 흔적 하나쯤은 있으면 얼마나 좋을까? 이런 흔적이 있다면 어떤 위기도 잘 극복할 수 있으리라 믿는다.

앞으로 치열한 인생에 쉼은 없다. 후회하지 않는 인생으로 만들 것이다. 치열하게 운동하고, 치열하게 발음연습을 하여서 성장하는 치열함을 보여 줄 것이다. 치열한 삶을 원한다면 치열하게 살겠다고 마음만 먹는데서 멈추지 말고 움직여야 한다. 부딪쳐 깨지는 한이 있어도 치열하게 살다보면 좋은 날이 온다. 나의 치열한 인생과 당신의 치열한 인생을 응원한다.

6. 치열하기 살기 위해서 필요한 것들

장애인으로 태어나 장애를 벗어나기 위해 치열한 노력을 해 왔다. 장애라는 굴레를 벗어나기 위해서 필요한 것이 있었다. 장애를 벗어나기 위해 치열하게 살아왔지만 장애는 극복해야 할 대상이라는 것을 차츰 깨달아 갔다. 그럼으로 치열하게 살기 위해 하나씩 필요한 것들이 무엇인지 파악하고 정착해 나가고 있다. 나를 치열하게 만들어 준 것, 그렇게 살기 위해서 필요했던 것은 무엇일까?

첫째, 치열하게 살기 위해서는 나의 나됨의 인정이 필요하다.

장애는 고칠 수 없음을 인정한다. 비장애인들과 더불어 살아가면서 그들과 관계 속에서 나의 나됨을 찾고 인정해야 한다. 장애인으로 태어난 데에는 목적이 있음을 깨달은 날, 하나님께 감사 기도를 드렸다. 비록 몸에 장애를 가지고 태어났지만 세상에 많은 장애인 및 비장애인들에게 마음만은 장애가 없음을 알리기 위한 것이 이 땅에 태어난 목적임을 깨달았다. 이것은 사명이 되었다. 사명은 나의 나됨을 인정하고 알리는 표지라고 생각한다. 장애를 인정했다는 것은 나의 나됨을 인정한 것이다. 나의 나됨을 인정하니 이 세상에서 살아나갈 원동력이 생겼다. 나를 알아야 치열하게 살 수 있다. 나를 모르면 남의 잣대로 살아가게 된다. 자신의 정체성이 무엇인지. 이 땅에 왜 왔는지를 알아야 나답게 살아갈 수 있다. 정체성을 알면 어떤 위기와 어려움 앞에서도 그것들과 정면으로 돌파하여 승리하여 치열한 삶을 살 수 있다. 치열한 삶은 몸으로 체험한 삶이다. 몸으로 부딪쳐 봐야 한다. 부딪치며 내가 어떤 인간인지를 알아가야 한다. 부딪치며 살다 보면 자신의 정체성이 보인다. 치열하게 살다보면 자신의 장점과 단점을 파악할 수 있다. 더 나아가 앞으로 어떻게 살아야 할지가 눈앞에 영화처럼 펼쳐진다. 많은 젊은이들이 자신이 누구인지를 모른 체 그저 그런 인생을 갈구하며 살아간다. 그런 젊은이들에게는 치열함이 없다. 치열하게 살아온 나의 삶을 본받으라는 말은 하지 않겠다. 정체성을 알고 그 정체성대로 살고 있는 주변의 많은 이들이 있다. 그들을 찾아가서 그들의 삶을 하루 종일 지켜보면서 '과연 무엇이 그들을 치열하게 만들었는가?'를 생각해 봐라! 그리고 행동하길 바란다. 그러면 하루 24시간을 헛되이 보내지 않으리라 믿는다. 치열하게 살기 위해서는 나의 나됨, 정체성을 알고 인정해야 한다.

둘째, 치열하게 살기 위해서는 독서를 해야 한다.

'수불석권[手不釋卷]'

항상 손에 책을 들고 글을 읽으면서 부지런히 공부하는 것을 이르는 말이다. 어려운 환경에서도 배우기를 좋아하는 사람이 항상 책을 가까이 두고 독서하는 것을 가리킨다. 《삼국지(三國志)》 〈오지(吳志)〉 '여몽전(呂蒙傳)'에 나오는 말이다. 항상 책을 가까이 했다. 매일 책을 읽는다. 치열하게 살고자 하는가? 책을 가까이 하길 바란다. 외출을 할 때에는 읽든지 안 읽든지 간에 책 한권쯤은 가지고 나간다. 가지고 다니다 보면 읽게 된다. 내 가방 안에는 책이 한권씩 들어 있다. 지하철이나 버스를 타면 책을 먼저 펼쳐든다. 목적지에 도착할 때까지 읽는다. 이런 습관이 몸에 숙달괴어 있다. 가지고 다니면서 한 페이지라도 읽어야 한다. 책을 읽음으로 치열하게 살아가는 무기인 지혜를 정작할 수 있다. 책을 쓴 저자와 대화를 통해 지혜를 얻을 수 있다. 그리고 독서는 글을 쓸 때에 도움이 된다. 책을 읽을 때에는 '이 작가는 어떤 문체를 썼는지, 어떤 식으로 전개를 하고 있는지?'에 초점을 두고 읽다 보면 글을 쓰는데 도움이 된다. 일주일에 적어도 2~3권씩 책을 읽는다. 2~3권 책을 번갈아가면서 읽는 편이다. 책을 읽다가 막히면 다른 책을 읽고 하는 식으로 책을 읽고 있다. 물론 한권의 책을 끝까지 읽으면 좋겠지만 읽다가 지치면 책을 읽는 것을 멈추게 된다. 그래서 번갈아 가면서 책을 읽고 있다. 독서 대가들이 공통적으로 말하는 것이 있다. 그것은 책을 읽되 책의 내용 중 한 문장을 나의 문장으로 만들어보는 것이다. 종종 해 보는데 거기까지는 아직은 먼 것 같다. 연습이 필요함을 느낀다. 앞으로 계속 책을 쓸 것이다. 책을 꾸준히 출간하려면 책을 읽을 때 문장을 나의 문장으로 고쳐보는 연습을 매일 해 보려고 한다. 치열한 삶을 원한다면 매일 독서하는 습관을 길러야 한다.

셋째, 치열하게 살기 위해서는 극복하는 마음이 필요하다.
장애를 극복하기는 참으로 어렵다. 많은 사람들의 따가운 눈총과 멸시를 극복해야 한다. 극복하는 데에는 강인한 마음이 필요하다. 강인한 마음이 없다면 극복할 마음은 들지 않는다. 강인한 마음으로 걷기연습에 매진하였기에 장애를 극복할 수 있었다. 걸을 수 있게 된 것은 아버지 도움도 있었지만 강인한 마음으로 극복을 한 것도 한 몫을 한다.

'나는 아무것도 못해!'

이런 마음으로 살아왔다면 지금 모습은 상상도 하지 못 했을 것이다. 늘 '하면 된다.'라는 마음으로 늘 도전하면서 극복하였다. 극복하는 마음이 치열하게 만들어 주었다. 치열하게 극복하기 위해 운동을 매일 게을리 하지 않는다. 하루 10분이라도 운동을 한다. 운동은 장애를 극복하기 위함도 있지만 건강해지기 위함도 있다. 며칠 운동을 쉬게 되면 몸이 굳어짐을 느끼기에 매일 운동을 한다.

치열한 삶을 살기 위해서 필요한 것들을 이야기했다. 나의 나됨을 알아야 하고, 매일 책을 읽고 극복하는 마음이 있으면 치열한 삶은 이어나갈 수 있다, 결국에는 이 세 가지를 하다보면 마지막에는 웃을 수 있게 된다. 치열하게 살다보면 웃을 수 있는 날이 온다. 얼굴에 웃음을 머금고 사는 자는 치열한 삶을 살기 때문이다. 종종 이런 말을 듣곤 한다.

"진행씨는 뭐가 그리 좋아서 웃으며 다니나요?"

좋은 일이 있어야 웃는 것은 아니지 않는가? 날마다 치열한 삶을 살고 있기에 웃고 산다. 안 좋은 일이 있어도 웃다 보면 안 좋은 일도 곧 풀리지 않을까 하는 희망을 품으면서 살았으면 한다. 코로나 19 바이러스로 인해 웃지 못한 상황이 계속 되고 있다. 그럼에도 불구하고 웃으면서 이 위기를 잘 벗어나 보면 어떨까? 웃을 때면 만사가 행복해진다. 힘들고 괴로웠던 일이 사라진다. 장애로 인해 힘들게 사는데 왜 그리 웃고 다니는지 물어본다. 장애를 극복한 인생이고 장애로 인해 사명을 알았으니 기쁘지 아니한가? 그러니 웃을 수밖에 없다. 장애로 인하여 수많은 고난이 있었지만 그 고난은 나와 같이 장애를 겪고 사는 이들을 돌아보게 해주었다.

　나의 나됨을 아는 자, 매일 책을 통해서 지혜를 얻는 자, 힘들어도 극복하면서 사는 자의 마지막은 웃음이 가득할 거라 확신한다. 나의 나됨을 알고, 그러기 위해 책을 읽고, 그 책 속에서 만난 장애를 극복한 위인들을 통해 삶의 지혜를 얻었다. 이것이 치열하게 살기 위해 노력한 것들이다. 치열하게 살기 위해 노력중이다. 나 자신과의 싸움도 치열함이 필요하다. 걷기연습을 할 때에도 치열함이 아니었다면 힘들었을 것이다. '일어나기 힘들어도 일어나 걸어라'라는 아버지의 격려는 아마도 앞으로의 내 삶을 위해서 해 준 말이다. '치열한 삶으로 장애를 극복하라'라는 의미로 일어나 걸으라고 말씀하셨을 것이다. 세상에서의 경쟁에서 도태되지 않기 위해서도 치열함이 필요하다. 장애가 있지만 도태되지 않기 위해 도전을 했다. 도전하는 치열함을 준 장애는 고마운 존재이다.

7. 최고의 웃음의 소유자

"진행 작가님은 자주 웃어서 너무 좋아 보여요."

　항상 웃음을 머금고 다니는 모습을 보고 지인들이 해 주는 말이다. 길에 다닐 때에도 웃으며 다닌다. 바보 같다고 할 정도로 웃으며 다닌다. 바보 같으면 어떤가? 웃는 자에게 복이 온다. 그런 이유로 웃으면서 다니기도 하지만 장애를 가졌다고 매일 우울하게 다닐 필요가 없기 때문이다. 나와 함께 다니는 장애로 인해 우울할 필요가 없다. 장애를 친구삼아 다니는 자는 세상이 두렵지 않다. 두렵지 않기 때문에 웃으며 다닌다. 코로나 19바이러스로 인해 모든 것이 멈춰 버렸지만 얼굴에 웃음을 머금고 생활을 한다.

웃으면서 다니기 시작한 것이 언제부터일까?

어렸을 때 친구들이 나와 친하게 지낸 이후로 나의 진짜 모습을 알기 시작한 일이 있다. 친구들이 나의 장애로 인해 괴롭힌 것은 마음이 아팠다. 하지만 친구들도 차츰 내 존재를 알아가기 시작하면서 나의 좋은 점을 알기 시작했다. 그것은 괴롭힘을 당해도 항상 웃으며 다녔다. 어느 날 한 친구가 이렇게 말을 했다.

"진행아, 너는 왜 항상 웃고 다니니?"

어눌한 말투로 대답을 바로 했다. 그 친구는 내 이야기를 귀담아 들어주었다.

"비록 장애를 가지고 있지만 장애로 인해 슬퍼하면 안 되기 때문이지. 너도 웃어봐."

이 말을 듣고 친구는 나를 바라보며 함박웃음을 지어주었다. 친구는 연락이 안 되지만 초등학교에서 양호교사를 하고 있다. 보고 싶은 친구이다. 장애로 인해 힘든 학창시절을 보낸 것은 사실이다. 따돌림과 멸시도 받아보았다. 하지만 그 따돌림과 멸시를 장애를 극복하는 것으로 받아쳤다. 웃는 것으로 받아쳤다. 장애로 인해 불편한 몸이지만 웃으면서 장애를 극복했다. 마찬가지로 코로나19바이러스가 유행중인 요즘도 웃으면서 보내고 있다. 바이러스가 확산되는 초기에는 무섭고 두려웠다.

'전염병이 빨리 없어져야 하는데...'

이런 생각이 머릿속에 가득했다. 하지만 서서히 뉴스보도와 관련 서적을 읽음으로 세상이 변하고 있음을 인식하게 되었다. 그 인식이 안도감을 주었고 웃게 만들었다. 웃게 만들었다고 말하니 이상하게 들릴 것이다. 하지만 그 안도감이 웃게 만들었다. 더 나아가 코로나19바이러스가 사라지고 웃음 바이러스가 번져 나가기를 기도했다.

참으로 어두운 세상이다. 어려운 시대이기도 하다. 이럴 때일수록 웃었으면 한다. 아침마다 웃으면서 하루를 시작한다. 이렇게 웃으면서 말이다.

"하하하하하하하하"

1분 정도 웃고 나면 마음이 후련해진다. 웃는 것은 건강에도 좋다. 건강해지지 원한다면 웃으면 된다. 웃는 자에게는 좋은 일이 생긴다. 웃는 자 곁에는 좋은 사람들이 몰린다. 내 주변에는 좋은 이들이 많다. 그들은 항상 웃는다. 나도 웃고 그들도 웃기 때문에 서로 도움이 되는 일을 만들어서 하면 일을 함에 있어서 엄청난 에너지가 넘친다. 웃음은 서로에게 에너지를 준다. 웃음은 다이너마이트 같은 위력을 가지고 있다. 웃음은 전파된다. 내가 웃으면 옆에 있는 가족들이 웃는다. 내가 웃으면 내 주변 사람들이 따라 웃는다. 웃음은 대단한 위력이 있음을 내가 웃는 생활을 하게 됨으로 알게 되었다.

사람들은 이런 수식어를 붙여 주었다.

'최고의 웃음의 소유자, 이진행'

최고의 웃음은 어떤 웃음일까? 주변 사람들에게 힘을 주고, 용기를 줄 수 있는 웃음이 아닐까? 2020년 6월에 출간된 《마음 장애인은 아닙니다》를 읽은 분들 반응은 긍정적이었다.

"작가님 책 읽고 힘과 용기를 얻었습니다. 많은 격려가 되었어요."

독자들 연락을 받거나 서평을 읽을 때마다 벅차다. 독자들은 내 책을 읽고 웃음을 찾고, 그런 독자들을 생각하며 또 웃는다. 웃음은 힘과 용기를 준다. 내가 쓰는 책을 통해, 나의 표정을 통해 세상이 웃게 된다면 더 바랄 것이 없겠다. 웃는 사람은 자주 만나고 싶다. 웃음은 사람들을 다가오게 만드는 매력이 있다.

감사인터뷰를 제안한 곽동근 소장은 만날 때마다 좋다. 항상 웃음을 머금으면서 다른 이들에게 힘을 준다. 곽 소장은 말을 해도 긍정적인 말을 한다. 주위에 좋은 사람들이 다가온다. 그렇다. 웃음은 사람들에게 긍정 에너지를 준다. 곽 소장을 만나면 긍정 에너지를 받는다. 최근에 발매한 「나는 너의 에너지」라는 곡은 긍정의 메시지를 담고 있다. 매일 들으면 힘이 나는 곡이다.

일주일에 2~3회 동네를 한 바퀴 돈다. 얼굴에 웃음을 머금은 채 동네를 돈다. 웃으면서 걷게 되면 건강이 배나 좋아짐을 느낀다. 집으로 와서 먹는 밥맛은 꿀맛이다. 보약이 따로 없다. 웃음은 보약이다. '웃음'이라는 보약과 먹는 밥은 더 보약 아니겠는가?

'웃음'은 모든 것을 견디게 한다. 이기게 한다. 매일 웃는 자를 아무도 이길 수가 없다. 천하무적 무기인 '웃음'을 정착하고 살면 어떤 것도 두렵지 않다. 웃음은 장애를 이기게 해준 무기이기도 하다. 웃고 있는 순간은 내 몸에 있는 장애를 잊는다. 장애로 인해 겪었던 수많은 고통을 웃고 있는 순간에는 잊을 수 있다.

'웃음은 최고의 결말을 보장한다'라고 오스카 와일드가 말했다. 최고의 결말을 위해서는 웃는 삶을 살아야 한다. 웃음은 해피

엔딩으로 이끌어준다. 웃음은 건강해지게 만든다. 그러기에 아름다운 결말을 위해서 매일 웃는 삶을 멈추지 않아야겠다는 마음으로 하루하루를 살아간다.

내 이름은 '이진행'이다. 이름을 거꾸로 하면 '행진'이다. 행진하는 자는 웃는다. 넘어져도 웃으면서 일어난다. 매일 행진할 것이고 웃을 것이다. 결코 우울해하지 않을 것이다. 웃을 일만 넘치는 세상은 아니다. 때로는 힘든 일이 있더라도 얼굴에는 웃음을 머금고 나아갈 것이다. 좋은 일이 넘치더라도 결코 자만하지 않는 모습을 유지할 것이다. 최고의 웃음을 소유한 자이다. 웃는 자가 승리한다.

8. 내가 가진 것에 감사하기

　내가 자지고 있는 것은 무엇일까? 장애를 가지고 있지만 그보다 걸을 수 있는 다리, 말을 할 수 있는 입, 들을 수 있는 귀, 잡을 수 있는 손이 있다. 내가 가진 것은 비장애인들도 다 가지고 있는 것들이다. 하지만 이것들이 있음에 감사한다.

　첫째, 걸을 수 있는 다리가 있음에 감사한다.
　걸을 수 있게 된 데에는 아버지와 함께 했던 걷기연습이 도움이 되었다. 무릎이 성한 데가 없이 넘어졌지만 다시 일어나 걸었다. 아버지의 진심어린 격려는 걸을 수 있는 원동력을 주었다.

"진행아, 일어나 걸어봐!"

넘어지면 일어날 힘이 없었다. 아버지의 일어나서 걸으라는 말이 안 들렸다. 한참 뒤에야 들린 아버지 목소리에 정신 차리고 일어나서 걸었다. 아버지의 격려는 살아가면서 삶에 영향을 끼쳐 주었다. 힘들어 주저앉고 싶을 때, 아버지의 말이 머릿속을 지나간다.

"그래, 내가 걷게 된 것은 아버지의 말 한마디 덕분이지. 넘어져서 일어날 힘이 없음에도 힘을 내서 일어난 그때처럼 삶이 힘들다고 주저앉지 말자."

삶이 힘들어질 때에는 치열하게 걷기연습을 했던 그 날을 기억한다. 걸을 수 있게 도움을 준 아버지와 아버지처럼 내가 걸을 때 옆에 항상 동행하셨던 하나님께 감사드린다.

"나를 걷게 해 주신 아버지! 아버지의 그 헌신 잊지 않겠습니다. 감사합니다. 보고 싶습니다."
"하나님, 걸을 수 있게 해 주셔서 감사합니다. 삶이 힘들어도 당당히 일어나 걸어 나가겠습니다."

둘째, 말을 할 수 있는 입이 있음에 감사한다.

"못 알아듣겠네."

처음 만난 사람들은 이런 말을 한다. 나에 대해서 모르기 때문일 수도 있다. 내 말을 못 알아듣겠다는 말을 들으면 이렇게 다짐한다.

'그래, 저런 말에 상처입지 말자. 열심히 발음연습하면 돼.'

저런 말에 상처받으면 나만 손해다. 그들의 말은 발전 기회를 준다. 그렇다. 잘 알아듣도록 준비를 하면 된다. 어눌하고 완전하지 않지만 말을 한다. 매일 시시때때로 발음연습을 한다. 강사가 꿈이기에 발음연습을 해야 한다. 의사전달이 되어야 청중들이 잘 알아듣지 않겠는가? 오늘도 더 좋아지기 위해 발음연습을 한다.

셋째, 들을 수 있는 귀가 있음에 감사한다.

들을 수 있는 귀가 있다는 것이 얼마나 감사한지 모른다. 잘 듣지 못하는 청각장애인들은 귀가 안 들리지만 마음으로 들려오는 소리에 상상의 나래를 펼칠 수 있을 것이다. 눈은 보이니 물건을 보고 이렇게 상상해 볼 수 있을 것이다.

'시계는 어떤 소리를 내면서 움직일까? 까딱까딱? 꿀꺽꿀꺽? 똑딱똑딱?'

잘 듣지 못해 답답한 마음은 있을 것이다. 이런 마음을 막내 동생에게서 느꼈다. 막내 동생은 공사현장에서 일을 하고 있다. 도면작성 같은 일을 하지만 공사 현장에도 간다고 한다. 몇 년 전 어머니가 몇 번을 불렀는데 대답을 하지 않는 것을 직감했다. 한동안 그 현상이 계속되어서 병원치료를 받았다. 치료를 받으면서 보청기를 알아보고 했던 기억이 난다. 동생은 공사 현장에서 일하기 때문에 짧으면 3년 길면 3년 정도 일하고 6개월 아니면 1년 정도를 종종 쉰다. 공사현장에서 들리는 소리로 인해 귀가 멍해진 듯하다. 동생 일로 듣는다는 것이 얼마나 소중한지 알게 되었다. 다행스럽게도 지금은 잘 듣게 되었다.

넷째, 잡을 수 있는 손이 있음에 감사한다.

손, 발이 없는 지체장애인들을 종종 만난다. 손이 있음에 감사를 했지만 손, 발이 없는 장애인들도 노력을 많이 한다. 손이 없다고 식사를 못 하는 것은 아니다. 여러 가지 방법을 동원하여서 식사를 하는 그들을 본다. 손이 없다고 아무것도 할 수 없는 것은 아니다. SBS '세상에 이런 일이' 프로그램을 보면 가끔 한 손으로 멋진 작품을 만드는 사람들이 나온다. 한손으로 그림을 그리기도 한다. 양손이 없는 이들도 살아가기 위해 노력을 하는 모습도 나온다. 양손이 없으면 다른 신체를 이용한다. 입으로 그림을 그리는 장애인들이 그린 그림을 본 적이 있다. 구족화가라고 한다. 비장애인들이 그린 그림이라고 느껴질 정도로 잘 그렸다.

발, 눈, 귀, 손이 없다고 아무 문제가 되지 않는다. 신체에 있어야 할 것이 없다고 절망하지 않는다. 다른 방법을 찾아 삶을 이어나간다. 말을 못 한다고 절망하지 않는다. 말을 할 수 있도록 연습하면 된다. 치열하게 연습하면 된다.

무엇보다도 나의 최고의 감사는 지금까지 살아 있음이다. 지금까지 살아있다는 것이 얼마나 감격이고 기쁜지 모른다. 장애를 입고 살아왔지만 잘 살아왔다. 힘들었던 적도 있었고 지금도 힘든 여정 속에 있지만 잘 살아왔고 잘 견디고 있음에 감사하다.

"이 아이는 얼마 못 살 겁니다."

병원에서 의사가 이런 진단을 내린 친구아들도 지금까지 잘 살아있다. 친구아들은 6개 희귀병을 앓고 있다. 이 아이를 위해 친구는 매년 철인3종 경기를 한다. 희귀병을 앓고 있는 아이를 실은 체 말이다. 나도 장애인이지만 장애아이인 아들을 위해 도전을 하는 친구가 존경스럽다. 이 아이는 '박은총'이라는 아이다. 건강하게 살아 있다. 살아 있다는 것이 기적이다. 귀, 눈, 입, 손과 발이 있음에 감사한다. 그리고 살아있음에 감사한다. 걷기연습을 하지 않고 살았다면 지금도 휠체어에 의존해서 살았을 것이다. 하지만 치열하게 걷기연습을 했다. 이만큼 걷게 된 것이 얼마나 감사한지 모른다. 걷게 된 것이 감사하고 지금까지 살아 있음에 감사하다, 장애는 감사하게 해 주었다. 평생 감사하는 삶은 쉬지 않으련다. 가지지 못 하는 것에 집중해 불평만 하지 말았으면 한다. 현재 가지고 있는 무엇인지 생각해 보고 거기에 감사하는 인생이야말로 복된 인생이다.

제2장

위대한 사람들은 모두 극복했다

1. 책에서 만난 영웅

"지혜와 재능이 뛰어나고 용맹하여 보통 사람이 하기 어려운 일을 해내는 사람"

네이버 어학사전에 나와 있는 '영웅'에 대한 정의이다. 나는 '영웅'이라는 단어를 다르게 해석하려고 한다.

"모든 어려움과 위기를 지혜롭게 극복한 사람"

보통 사람이 해 내지 못하는 어려운 일을 해내는 사람도 영웅이다. 하지만 나는 좋지 않은 상황 속에서 지혜를 발휘하여 당당히 일어난 사람이 영웅이라고 본다. 인내하면서 살아온 인생이야말로 진정한 영웅이 아니겠는가? 내 가방 속에는 책이 항상 들어있다. 읽든 안 읽든 가지고 다닌다. 요즘은 작은 가방을 메고 다니기 때문에 최소한 2권 정도는 넣어서 다닌다. 책 속에서 위대한 영웅을 만난다. 모든 어려움과 위기를 지혜롭게 극복한 사람들을 만나면 경외감이 든다. 그들의 이야기를 읽고 있노라면 작아지는 나를 발견한다. 더불어 그들과 같은 삶을 살고자 노력한다. 나처럼 장애를 겪고 있는 이들의 장애 극복 이야기를 읽을 때면 가슴이 뜨거워진다.

'그들은 어떻게 극복하는 삶을 살았을까?'
'그들도 따돌림을 받았을 것인데 어떻게 극복했을까?'

장애 극복 관련 책은 이런 관점으로 접근하며 읽는다. 그들의 삶은 자극제가 되었다. '그들도 잘 극복했는데 나라고 극복 못 하겠어?' 하는 마음이 온 몸을 감싼다.

'저 사람도 장애인이었어?'

전혀 장애가 없는 사람 같은데 장애를 입고 살았다는 말을 하면 의아해한다. 뒤에서 자세히 말하겠지만 조선 제4대 왕이셨던 세종대왕도 제위 말기에 시각장애를 겪으셨다. 세종대왕이 시각장애를 가지고 있었다는 사실은 우리나라 대부분 사람들이 모를 것이다. 나도 책을 통해서 알았다. 세종대왕은 훈민정음을 만든 분이다. 책을 읽는 것을 좋아했다고 알려진 세종대왕, 그래서 시력이 나빠진 것일까? 뒤에서 자세히 설명할 것이다.

세종대왕 이외에도 우리가 몰랐던 장애를 겪었던 위인들을 책 속에서 만날 수 있다. 그들은 장애를 극복한 삶을 살았다. 책 속에서 만난 장애를 이겨낸 영웅들도 처음에는 장애를 인정하지 않았을 것이다. 자신에게 왜 이런 일이 일어났는지, 왜 자신에게만 이런 고통을 주는지 알고 싶었을 것이다. 그들은 차츰 정체성을 알아간다. 그러면서 장애를 인정하는 그들을 책 속에서 만났다. 그들의 장애를 인식해 가는 모습이 자극제가 되었다. 장애를 이겨낸 사람들 이야기는 장애인들과 비장애인들 모두에게 용기와 도전을 준다. 이겨내는 지혜가 필요함을 책을 통해 배운다.

또한 한국에서뿐만 아니라 서양에서도 장애를 극복한 장애인들이 있음을 책을 통해서 알게 된다. 내가 존경하는 닉 부이치치도 처음에는 자신의 장애를 인정하지 않았다. 어머니가 한 잡지에 나와 있는 장애를 극복한 이의 이야기를 보여 주자 그때서야 자신의 장애를 인정했다. 그 사건이 그에게 세계를 다니며 강연을 하는 꿈을 꾸게 된다. 낙 부이치치 삶을 통해서 강사의 꿈을 키우게 되었다. 기회가 되면 닉 부이치치를 만나보고 싶다. 닉 부이치치의 《닉 부이치치의 허그》 책에서는 절망이 희망이 되고, 생각이 현실이 되고, 실패가 기회가 되고, 한계가 비전이 되는 삶에 대해 나누고 있다. 그는 실제로 이런 삶을 살고 있다. 닉 부이치치야말로 진정한 작은 영웅이라 칭할만하다. 3장과 4장을 통해 장애를 이겨낸 이들에게 배운 것을 나누고자 한다.

책에서 만난 장애를 이겨낸 영웅들은 삶을 포기하지 않았다. 비록 장애를 가지고 있지만 삶을 포기하는 순간 모든 것이 끝난다는 것을 알았기 때문이다. 살아나가기 위해 온갖 방법을 동원했다. 장애를 가지고 있음에도 할 수 있는 것을 찾아 하는 그들 삶 속에서 나도 무언가 할 수 있다는 꿈을 가질 수 있었다.

그들은 장애로 인하여 불편함을 오히려 득이 되게 만들었다. 시각장애를 가지고 있지만 남의 이야기를 경청할 수 있는 장점이 있다고 말하는 위인들도 책 속에서 만났다. 긍정적인 사고를 가진 위인이다. 언어장애가 있었던 영국의 윈스턴 처칠도 언어장애가 도리어 위대한 말을 남기게 해 준 고마운 장애가 되었다. 그가 남긴 한마디 연설은 모두가 알고 유명하다.

'절대로 절대로 절대로 포기하지 마라'

언어장애로 인해 반복해서 말한 이 연설은 윈스턴 처칠 수상을 위대하게 만들어주었다. 그들에게는 장애는 아무것도 아니었다. 장애를 훨씬 뛰어넘는 생각과 행동을 했다. 윈스터 처칠 수상의 말은 포기하지 않는 마음을 주었다. 어떤 위기와 두려움 앞에서도 당당히 나서라는 가르침을 주었다. 윈스터 처칠과 같은 말을 자주 했던 분은 아버지이다. 아버지는 포기하지 말고 나아가라고 했다. 아버지의 말은 지금 나의 삶에 원동력이 되었다.

책에서 만난 영웅들은 절대로 포기하지 않는 인생을 살았다. 굳센 의지를 가지고 힘들어도 삶을 이어나가는 모습에서 비록 장애를 가지고 살아도 굳센 의지를 가지고 살아야겠다는 마음을 가지게 되었다. 그 의지가 나로 하여금 행동하게 만들었다. 매일 발음연습과 운동을 열심히 하는 이유는 책에서 장애를 이겨낸 많은 위인들 삶에서 배운 것들이다. 치열한 삶을 살았던 그들 삶속에서 배우지 않았다면 성장해 가는 나를 상상할 수 있었을까? 장애를 이긴 그들처럼 치열하게 장애를 이겨 나가며 삶을 지속하고 있다.

그들은 장애를 가지고 있었지만 성장해 가는 모습을 보여주었다. 성공이 아닌 성장을 향해 나아가는 그들 모습이 귀감이 되었다. 성공하고 싶지만 결국은 내가 성장해야 성공할 수 있음을 그들의 이야기를 통해 알게 되었다.

매일 책을 읽는다. 장애 유무를 떠나 이 세상에 좋은 영향력을 주고 간 여러 위인들 삶을 통해 세상을 살아가는 지혜를 얻는다.

지혜를 얻었으면 행동해야 한다. 책 속 영웅들은 움직이게 했고
장애를 이겨 나가는 내 모습으로 만들어 주었다. 책 속에서 만난
위인들에게 고마움을 전한다.

2. 불가능이란 없다

"세상을 살아가는 데 장애는 아무 것도 아니다. 나에게는 불가능이란 없다."

장애를 인정하고 나서부터 불가능이란 없다는 인식이 각인되었다. 몸이 불편할 뿐, 살아가는 데 장애는 아무런 문제가 되지 않음을 도전하는 삶을 살면서 알게 되었다. 오히려 불가능에 도전하고 있다.

'나는 아무 것도 하지 못해'

이런 사고방식으로 하루하루를 살고 있는 이들이 많다. '할 수 있다'라는 마음으로 살면 어떤 불가능도 가능으로 만들 수 있다. '할 수 없다'라는 말을 자주 함으로 머릿속에 각인이 된 것이다. 자신이 하는 말이 자신이다. 긍정적인 말을 하면 긍정적인 사고와 행동을 하게 되고, 부정적인 말을 하면 부정적인 사고와 행동을 하게 된다. 뇌는 단순하다. 내가 하는 말을 그대로 받아들인다. 꽃을 키울 때에도 물을 주면서 꽃에게 좋은 말을 하면 쑥쑥 자란다. 하물며 꽃도 좋은 말을 해 주면 잘 자란다. 그러면 우리 인간들도 좋은 말을 해야 하지 않을까? 아무 것도 하지 못한다고 하면 아무 것도 하지 못 하게 된다. 자신이 하는 말이 자신의 인격이다.

장애를 극복하기 위해 노력을 매일 한다. 말을 잘 하기 위해 발음연습을 한다. 건강한 몸을 위해 운동을 한다. 불가능을 가능으로 만드는 것이 장애를 극복하는 것이다. 매일 불가능을 가능으로 만드는 일을 하고 있다. 매일 10분 투자로 불가능을 가능으로 만들어내고 있다. 불가능을 가능으로 만드는 위대한 위인들 삶 이야기가 나를 노력하게 만든 원동력이 되었다. 그들 이야기를 통해서 장애는 불가능을 가능으로 만드는 것임을 배웠다. 배웠으면 행동을 해야 하기에 바로 실천한다. 그들은 긍정적인 말과 행동을 함으로써 자신의 장애를 극복함으로 불가능이 없는 삶을 만들어 나갔다.

"내가 영화를 만들 수 있을까?"

영화감독이다. 처음에는 영화를 만들 수 있을까라는 생각이 들었다. 2018 속초국제장애인영화제에서 제작지원금을 받고 나서도 불가능하다는 생각이 들었던 것은 사실이다. 가능으로 만들어 주었던 것은 긍정적인 말이었다.

"그래, 해 보는 거야."

긍정적인 말이 움직이게 했다. '해 보겠다'라는 말은 함께 하겠다는 사람들을 모아주었다. 영화제작을 한다고 말을 하니 여기저기서 '함께 하고 싶어요.'라고 도움을 주려는 사람이 나타났다. 영화감독이라는 새로운 일을 하게 된 데에는 불가능을 가능으로 본 것에서 기인한다. '할 수 있다.'라는 자신감은 도전할 수 있는 힘을 주었다. 영화감독 도전은 가능성을 보게 된 또 다른 계기가 되었다. 무슨 일을 하든지 즐기면서 한다. 즐기는 자는 이기지 못한다. 도전을 즐기는 자에게는 불가능은 없다.

불가능을 가능으로 만드는 자는 치열한 삶을 살아간다. 귀가 들리지 않아 청각장애를 가지게 된 베토벤, 정신장애를 가지고 그림을 그린 빈센트 반 고흐도 치열한 삶을 통해 불가능을 가능으로 만든 위인이다. 장애에 아랑곳하지 않고 치열하게 자신의 일에 몰두하는 모습을 보여주었다. 그들에게는 불가능이란 없었다. 불가능을 극복함으로 베토벤은 '운명'이라는 곡 외에 수많은 곡을 만들었다. 고흐는 정신적인 장애를 가지고 있지만 '별이 빛나는 밤' 외에 여러 작품을 남겼다. 그들에게는 치열한 삶을 살아온 강렬한 이미지가 느껴진다. 베토벤이나 고흐도 장애를 겪고 있는 자신을 받아들이기가 힘들었을 것이다. 차츰 그들은 자신의 불가능을 가능으로 만든다. 그 가능성이 장애를 극복하게 했고 위대한 작품이 탄생하지 않았을까?

얼마 전에 '캘리그라피'를 배워서 매주 1~2회 연습을 하고 있다. 처음에는 '할 수 있을까?'하는 부정적인 마음이 들었다. 가르쳐 준 김정기 작가의 격려가 부정적인 마음을 없애 주었다. 주변에서 해 주는 긍정적인 말이 불가능을 가능으로 만들어준다. 완전하지 않지만 매일 조금씩 나아지는 모습을 본다. 캘리그라피 작가라는 새로운 세계에 들어와서 매일은 아니지만 연습을 하고 있다. 불가능이 없음을 캘리그라피를 배움으로 선물해 주었다.

불가능을 가능으로 만들기 위해 도전을 멈추지 않는다. 매일 글을 씀으로 작가의 길을 가게 되었다. 주변에서 책을 출간한 나를 존경하는 눈빛으로 쳐다본다. 그러면서 이런 말을 한다.

"난 한 장 채우기도 힘들 것 같은데 작가님은 대단한 것 같아요."

쓸 수 없을 것 같다는 표현이다. 핑계이다. 쓰기 시작하면 누구든 가능하다. 해 보지도 않고 지레 겁을 먹는다. 매일 꾸준히 어떤 내용이라고 좋으니 써 보길 추천한다. 말을 바꾸길 바란다.

"작가님도 하셨는데 저도 할 수 있을 것 같아요. 해 보겠습니다."

이런 말을 하면 긍정적인 효과가 생긴다. 불가능을 가능으로 만들어준다. 좋은 말을 하면 좋은 일이 생긴다. 즉시, 반드시, 될 때까지 해야 한다. 일단 시작하면 자신감이 생긴다. 시작도 하지 않으면서 시작 전부터 겁을 먹으면 불가능을 가능으로 만들기는 어렵다. 불가능하다고 생각만 하지 말고 부딪쳐 보길 바란다.

장애인들에게 말한다.
장애를 가지고 있다고 불가능하다는 생각은 하지 말았으면 한다. '할 수 있다.'라고 말하고 움직이길 바란다. 당신도 글을 쓸 수 있다. 자신의 이야기로 글을 적어보길 바란다. 아무것도 하지 않으면 아무 일도 일어나지 않는다. 적다보면 이루어진다. 자신의 장애를 부정적인 것으로 만들지 말기를 바란다. 장애가 도리어 도움이 될 수 있다. 자신의 장애를 살아가는데 도움이 되게 이용해 보았으면 한다. 치열하게 불가능을 가능으로 만들어 보길 바란다.

불가능을 가능으로 만든 이들이 또한 위인이다. 장애를 이겨낸 위인들은 불가능을 본 것이 아니라 가능을 보았다. 그들은 '할 수 없다'라는 말은 하지 않았다. '할 수 있어'라 하며 당당히 가능성을 만들어 나갔다. 그렇다. 나도 한때 장애가 있어서 불가능하다고 보았던 적이 있었다. 장애를 이겨낸 수 많은 위인들의 삶이 가능하다는 것을 증명해 주었다. 그들의 삶을 통해 불가능을 가능으로 만들어 보자는 마음을 가졌다. 또한 불가능하다고 할 때마다 마음속에 들린 한 마디의 말은 아버지의 말이다.

나, 이진행! 이름처럼 앞으로 나아가면서 장애를 가졌다고 불가능이 없음을 행동으로 보여주는 행복한 장애인의 모습을 보여주리라!

3. 위인의 향기

뛰어나고 훌륭한 사람을 일컬어 위인이라고 보통 말한다. 맞는 말이다. 하지만 자신의 한계를 넘은 사람, 삶 속에서 끈질긴 도전으로 자신의 삶을 단련시켜 이겨낸 사람이 진정한 위인이라고 생각한다. 매일 삶 속에서 자신을 이겨낸 사람은 이 세상에 어떤 향기를 남겼을까? 사람들에게 어떤 향기를 풍겼기에 자신의 한계를 넘었을까?

꽃향기가 났을 수도 있겠지만 인간다운 면모의 향기가 나지 않았을까? 인간답다는 것은 다른 사람에게 자신을 드러내지 않고 있는 그대로의 모습을 보여주는 것이다. 정직하고 항상 긍정적인 말과 행동을 함으로 인간**다운 향기**를 풍기면서 살아간다. 위대한 일을 한 사람들은 **말 한마디**를 하더라도 힘과 용기를 주는, 향기가 **나는** 말을 한다.

제2의 닉 부이치치를 꿈꾼다. 닉 부이치치가 했던 말 한마디, 한마디는 힘이 되고 좋은 향기를 전해 준다.

"최고의 장애는 당신 안에 있는 '두려움'이다."

닉 부이치치 말이다. 태어날 당시 자신의 장애를 인정하지 않았던 닉 부이치치였다. 자신의 장애가 두려웠을 것이다. 어느 날 어머니가 보여준 장애를 극복한 장애인 이야기를 읽고 힘을 얻고 삶을 이어나간다. 그는 장애를 인정하기 전에는 두려움이 있었다. 어른이 되어 가면서 최고의 장애는 자신 안에 있는 두려움이라는 것을 알게 된다. 나 또한 강사를 꿈꾼다. 닉 부아치치처럼 강연을 잘 하는 사람이 되고 싶다. 그러기 위해서 매일 발음연습을 한다. 처음 강연을 한 날이 기억이 난다. 강연 전에 숨이 차고 있었다. 두려웠다.

'사람들은 내 말을 잘 알아들을까?'
'오히려 조롱거리가 되지 않을까?'

하지만 강연을 우여곡절로 마친 후 강연 전에 가졌던 두려움
은 아무 것도 아님을 알게 되었다. 두려웠지만 멋지게 강연을 마
무리할 수 있었다. 강연 후 사람들이 말했다. 그들 말이 두려움을
없애 주었던 것도 있다.

"진행씨! 아주 잘 했어요."

다른 사람의 용기를 주는 말은 두려움을 멀리하게 만든다. 닉
부이치치도 처음 강연을 한 날 무척 두려웠을 것이다. 하지만 그
는 두려움을 이겨냈다. 마침내 위대한 강연가로 거듭났다. 그에
게서 두려움을 이겨낸 위대한 향기를 맡았다. 두려움과 불안을
이겨낸 자에게는 진하고 아름다운 향기가 난다.

세종대왕에게는 무슨 향기가 날까? 백성을 사랑해 백성이 서
로 소통이 가능하게 만드는 '훈민정음'을 만든 분, 그에게는 어떤
향기가 날까? 백성들을 생각하는 어진 임금 냄새가 났을 거라 생
각한다. 자신이 겪은 장애를 통해서 백성의 삶을 읽은 성군이다.
자신의 장애로 인하여 장애인정책을 확대했던 왕이었다. 세종대
왕에게는 아마도 백성들을 우러러보는 해바라기 향이 나지 않았
을까 하는 생각을 해 본다.

위인에게 나는 향기는 사람들을 움직이게 한다. 절대 포기하지
않는 나의 열정은 영국의 윈스터 처칠 수상이 한 말이 영향을 주

었다.

"결코, 결코, 결토 포기하지 않습니다(Never, Never, Never give up!)."

'결코'라는 말을 반복한 것은 윈스터 처칠 수상의 언어장애 때문이다. 언어장애로 인한 단점이 오히려 장점이 되었다. 윈스터 처칠이 말한 이 말은 장애인으로 살고 있는 나에게 이런 메시지를 줌으로 진한 향기를 풍긴다.

'장애로 인해 힘드니? 결코, 결코, 결코 너의 삶을 포기하지 않는다면 어떤 것도 두렵지 않을 거야. 힘을 내봐!'

진한 향기 풍기는 윈스터 처칠의 말이 움직이게 해 주었다. 포기하지 않는 자에게는 강한 의지가 있다. 하고자 하는 의지가 있기에 매일 글을 쓰고 운동과 발음연습을 한다. 결코 포기하지 않는 자세가 지금의 나를 만들어 놓았다. 하루 10분의 투자로 결코 포기하지 않는 강인함을 만들어 나가고 있다.

"나는 사형선고를 받았고 지금은 집행유예기간이다. 하고 싶은 일이 너무 많다."

누가 한 말인지 알겠는가? 고개조차 가눌 수 없는 루게릭병을 앓고 있는 제2의 아인슈타인이라 불리는 스티븐 호킹 박사가 한 말이다. 언제 죽을지도 모르는 그에게 희망이 있었을까? 그는 놀랍게도 전보다 행복해졌다면서 이런 말을 한다. 하고 싶은 일이 많다는 그는 결국 2018년 3월 14일에 세상을 떠났다. 물리학 분야에 위대한 업적을 많이 남기고 간 그에게 루게릭병에도 불구하고 잘 션디어 낸 인동초 같은 모습이 그려진다. 인동초 같은 삶을 나도 살아가고자 한다.

위인에게는 인내를 발휘한 인동초 같은 향기가 나지 않을까 한다. 자신의 한계를 뛰어 넘어서기 위해 분초를 아끼지 않고 나아간다. 한계를 뛰어 넘기 위해 노력을 하는 그들에게 장애는 아무것도 아니다.

앞에서 말한 위인들처럼 나의 한계를 뛰어넘는 자가 되려고 매일 고군분투한다. 자신과 싸움에서 이기는 자만이 아름다운 향기를 발할 수 있다. 다른 것은 바라지 않는다. 나의 아름다운 도전 이야기에서 희망을 얻고 무너졌던 삶을 바로 세워 이어나가길 바랄뿐이다. 위인들 삶에서 향기를 난 것처럼 당신 삶에서도 진하고 아름다운 향기가 났으면 한다. 긍정적인 말과 행동을 하는 향기를 발할 수만 있다면 성장하는 삶을 살 것이다.

위인들의 삶은 웃는 삶이었다. 자신의 한계를 넘는 삶을 살면 결국에는 웃는 삶을 산다. 매일 웃는다. 도전하는 삶을 사는 자는 늘 웃는다. 도전은 힘들기도 하지만 마치고 나면 유쾌함을 선물한다. 장애를 이겨내기 위한 훈련을 할 때에는 힘겹지만 도전을 마친 뒤에는 얼굴에 함박웃음을 짓는다. 앞서간 위인들도 이런 삶을 살지 않았을까?

오늘도 도전한다. 도전하는 자에게 풍기는 향기를 온 세상에 풍기기 위해 매일 도전하는 삶을 산다. 아름다운 향기를 발하는 도전은 멈추지 않으리라. 나의 후손들이 나를 이렇게 기억했으면 한다.

"자신의 한계를 넘으며 감사와 도전을 일상으로 산 사람, 이진행"

4. 당신에게 위로를 얻다

"넘어져도 돼. 일어나면 되잖아. 넘어져도 결국에는 일어나는 자가 진정한 승리자야."

장애를 극복하며 살아온 위인들은 이런 위로를 선물한다. 46년 동안 살아오면서 받았던 진정한 위로는 무엇이었을까? 그 무엇보다도 돌아가신 아버지가 해 준 위로가 진정한 위로였다고 감히 말하고 싶다.

"진행아, 넘어졌을 때 털털 털고 일어나는 너의 모습 진정 최고야!"

무뚝뚝한 아버지는 일어나려고 노력하는 나를 향해 진심어린 말로 위로해 주었다. 아버지가 주었던 위로는 세상 그 어느 것과도 바꿀 수 없다. 그 위로는 계속 도전을 하게 만들었다. 휠체어에서 벗어난 후 도전을 멈추지 않았다. 살아가기 위한 몸부림을 넘어 도전이었다. 세상을 향해 나아가려는 걷기 연습은 쉼이 없었다. 그렇게 아버지에게 위로를 받아 세상으로 당당한 걸음으로 나아갔다.

앞에서 말한 윈스터 처칠 수상이 말한 포기하지 말라는 말도 위로를 선물해 주었다. 그 말은 이렇게 들렸다.

'몸에는 장애가 있지만 마음만은 똑바르잖아요. 포기만 하지 않으면 되요. 포기하는 순간 마음마저 무너지니 포기하지 마세요.'

윈스터 처칠이 이렇게 위로를 해 주는 듯 했다. 이미 돌아가신 분이지만 옆에서 위로해 주는듯했다. 내 삶에는 포기는 없다는 마음으로 살아왔다. 윈스터 처칠 수상은 지칠 줄 모르는 열정을 주었다. 내 안에 지칠 줄 모르는 열정이 쉬지 못 하도록 했다.

장애를 이긴 위인들에게도 위안을 얻었지만 지인 삶과 말을 통하여서도 위로를 얻는다. 지인 중에 장애를 가졌지만 매일 활기차게 활동을 하는 장애인 동생이 있다. 그 동생은 최초 장애인 코미디언 한기명군이다. 기명이는 말보다 행동으로 보여주는 동생. 안 되면 되게끔 만드는 동생이다. 기명이가 하는 행동은 위로를 준다. 도전하는 그의 모습이 감동을 넘어서 행동을 하게 만든다. 기명이 행동은 이렇게 말해주는 것 같았다.

"장애를 즐기며 살아요! 어려움도 즐기며 살다보면 이길 수 있어요."

2020년 6월에 출간된 《마음장애인은 아닙니다》에도 말했듯이 기명이는 자신의 장애를 소재로 개그를 만드는 동생이다. 자신의 장애를 가지고 노는 친구이다. 단점을 장점으로 승화하는 기명이가 존경스럽다. 동생이지만 만날 때마다 배우고 있다. 그렇다. 장애로 인해 절망하고 포기하면 안 된다. 꿋꿋하게 살고 있는 장애인들이 이 땅에 많다. 장애인이지만 나와 같은 장애를 가지고 있는 이들의 말과 행동을 보면 부끄러움을 넘어 닮아가고 싶다는 생각이 든다.

장애를 겪으면서 살아온 위인들은 그들의 도전을 통해서 위로를 주었다. 그들은 이렇게 위로하며 속삭인다.

"진행아, 힘들지? 사람들의 따가운 눈총과 따돌림에 아직도 힘들 거라 믿는다. 차별을 하는 이 사회가 싫을 거야. 하지만 너는 네 존재만으로도 귀하단다. 세상 사람들 부정적인 눈빛에 맞서야 할 때도 있어야 하지만 말과 행동으로 너의 존재감을 드러내면 좋을 것 같아. 힘내자. 넌 할 수 있어."

비록 귀에 들리는 내면의 소리지만 위인들이 바로 앞에서 말을 해 주는듯하다. 내면의 소리도 위안을 준다. 크나큰 위로이자 고마운 위로이다.

'나의 존재만으로도 귀하다.'

위인들 이야기에서 위로를 얻는다. 존재만으로 귀하고 사랑받기 위해 이 땅에 태어난 사람이다. 한번 사는 인생, 장애가 있지만 존재만으로 귀한 인생이니 멋지게 살아가려고 한다. 이 세상은 도전이라는 선물을 주었고 내 주변에 있는 나보다 장애정도가 심한 장애인들을 도와 줄 아는 마음의 눈을 주었다.

세상에 위인들은 많다. 하지만 최고의 위로를 준 사람은 부모님이다. 걸을 수 있도록 연습을 시켜 준 아버지와 비가 오니 눈이 오나 초등학교 1년 내내 휠체어와 동반해 주신 어머니는 큰 위안이 되었다. 부모님의 힘과 용기를 주는 말이 나를 만들었다.

"진행아, 일어나 걸어라. 네 힘으로 일어나 걸어봐."

아버지의 이 말은 삶에서 무너지거나 좌절을 할 때마다 내 머릿속을 지나간다. 아버지의 말이 정신을 차리게 하고 다시 걷게 한다. 부모님이 해 준 위안의 말이 아니었다면 지금의 내 모습은 가능하지 않았다. 물론 혼자 힘으로 일어났을 수도 있었다. 혼자 힘으로 해 보라는 이 말이 치열하게 걷기연습을 함과 동시에 발음연습을 하게 만들었다. 살아가기 위해서는 대화가 되어야 함을 알았다. 그리고 강사가 꿈이기에 발음연습을 게을리 하지 않는다. 지금도 시시때때로 발음연습을 한다. 발음연습을 하는 데에는 지인들 격려가 크나큰 힘이 된다. 움직이니 지인들이 도움을 준다. 발음 잘 하는 방법을 알려준다. 가르쳐 준 방법을 매일 하니 효과가 있다. 발전하는 모습을 발견하면 기분이 좋아진다. 성장해가는 내가 보인다. 위로는 사람을 성장하게 만들기도 한다.

장애를 극복한 삶을 산 위인들의 삶과 그들이 했던 말은 위로를 준다. 위로와 함께 다시 한 번 나아갈 힘을 준다. 극복할 마음을 준다. 그들은 치열하게 삶아 살면서 장애를 극복했다. 치열하게 살면서 장애를 극복한 그들의 삶을 책이나 영상을 통해 보면 감격을 넘어 그들과 같은 삶을 본받고 싶은 의지가 생긴다. 그 의지가 나를 치열하게 만든다.

사람들이 주는 '위로'는 선물을 받는 것처럼 좋다. 답답했던 마음이 뚫린다. 책을 읽을 때에도 위로를 받는다. 책을 읽다가 위로가 되는 구절 앞에서 잠깐 멈추고 눈물을 흘릴 때가 있다.

'어쩜 내 마음을 이리도 잘 표현했지.'

내 마음을 잘 표현한 글과 해법을 말해 주는 글 앞에서는 숙연해진다. 따뜻함과 아울러 위로가 되는 문장에서는 모든 닫혀 있던 마음이 열린다. 오늘 당신은 어디에서 위로를 받고 있는지 생각해 보고 위로를 준 대상에게 감사 표현을 하는 하루가 되길 바란다.

5. 성장하기 위한 극복

　한 때에는 성공하려고 발버둥을 쳤다. 장애를 극복하기 나가면서부터 성공에 대한 생각은 바뀌어 나갔다. 성공하기 위함이 아닌 성장하기 위한 극복으로 점점 생각이 바뀌어 나갔다. 평소에 이런 생각으로 극복하는 삶을 살고 있었는데 2018년 11월, 1인 기업 교육을 받으면서 성장해야겠다는 마음이 간절해졌다. 작년까지 했던 꽃판매 사업을 키워보기 위한 방법을 듣고자 1인 기업 교육을 받았다. 하지만 강의를 들을수록 의도와는 다른 강의였다. 그 강의의 초점은 이거였다.

'내가 성장해야 다른 부수적인 것이 성공한다.'

결국은 성장이다. 성장이 기반이 되어야 성공을 향해 나아간다. 그 강의를 듣고 진정한 성공은 나 자신을 이기는 것이라는 것도 절실히 깨달았다. 교육을 받기 전에도 약간은 성공하고자 하는 욕구는 강했다. 교육을 받고 난 후 '성공을 위한 극복'이 아니라 '성장을 위한 극복'으로 나아가기 위한 노력을 꾸준히 해야겠다는 생각으로 바꿨다. 성장을 위해서 발음연습과 운동을 꾸준히 한다. 순전히 나를 위한 것이지만 내가 이렇게 하는 이유는 내 가족들과 지인들과 소통을 위한 것이기도 하다.

사람마다 '극복'을 정의하는 방식이 다르다. 내가 정의하는 '극복'에 대한 정의는 간단하다.

'나 자신을 이기는 것'

장애인으로 태어났다. 장애인으로 태어나 걷기 위해 무릎이 깨지도록 연습을 했다. 걷기연습을 하는 것은 나를 이기기 위함이다. 이것이야말로 진정 나를 이기는 것이 아니겠는가? 나를 이기기 위해서 얼마나 연습을 했는지 모른다. 또 한편으로 넘어져도 일어나는 것도 극복이라고 할 수 있다. 넘어져서 좌절한 상태로 걷기연습에 매진하지 않았다면, 아버지의 말에도 아무 행동을 취하지 않았다면 지금도 휠체어에 의존하고 있지 않을까? 나를 이기었기에 걷게 되었다. 나를 이기고 싶기에 또 발음연습을 매일 하고 있다. 앞으로는 삐뚤삐뚤한 글씨를 고쳐보고 싶다. 글씨체를 고치는 것, 아마도 힘들 것이다. 하지만 매일 정자로 쓰는 연습을 하다보면 가능하지 않을까? 캘리그라피를 꾸준히 연습하다보면 글씨도 나아지지 않을까? 완전하지 않아도 비장애인들이 알아볼 수 있는 정도는 만들고 싶다. 물론 지금도 사람들이 내 글씨를 못 알아보지는 않는다.

나를 이기기 위해서 산을 가끔 간다. 코로나19 바이러스 확산 중에도 관악산을 가끔 올라갔다. 등산은 내 몸이 튼튼해지기 위한 좋은 극복방법이다. 산 공기를 맡다보면 생각도 새로워진다. 몸도 좋아지고 생각도 새로워지는 일석이조이다. 산은 올라갈 때보다 내려올 때가 위험하다. 내려올 때에는 조심하면서 내려온다. 등산은 나를 이기기 위한 좋은 방법임은 틀림이 없다.

몇 년 전 다녀온 소백산과 지리산 노고단 산행은 나를 이기기 위함과 아울러 성장하기 위해서 지인들, 성남 한마음 복지관 발달 장애인들과 다녀왔다. 함께 성장해야 함도 산행을 통해 배웠다. 정상을 향해 나가면서 업무를 하거나 사업을 할 때 함께 함으로 성장을 해야 한다는 것을 배웠다. 지인 형님이 내 짐을 대신 등에 메고 가는 모습은 어려워하고 힘들어하는 주위 사람들의 짐을 같이 지고 함께 가야 함을 알려 주었다. 극복도 함께 해야 가능하다. 혼자 극복하는 것도 필요하지만 도저히 극복이 힘들다면 도움을 요청해서 지혜를 구하는 것도 좋은 방법이다.

주변에 감사일기를 쓰고 있는 사람들이 많다. 지금도 꾸준히 쓰고 있는 것이 감사일기이다. 감사일기를 씀으로 나를 돌아보게 된다. 감사는 극복할 수 있도록 해 준다. 극복할 수 있어서 지금까지 살아있음에 감사하다. 감사하는 마음이 장애를 극복하게 해준 원동력이다. 장애인으로 태어날 때 불평하는 마음이 있었다. 정체성을 알게 해 줌으로 장애를 극복하게 해 준 것은 감사하는 마음이다. 장애인으로 태어난 것을 감사하는 삶이 아니었다면 극복하는 삶을 살 수 없었다. 내가 가지고 있는 것에 감사할 때 진정한 가치를 알 수 있었다. 감사하는 삶이 나의 장애는 아무것도 아니라는 귀한 깨달음을 주었다. 의아해할 것이라 생각한다. 매일 삶이 불편함으로 가득함에도 장애로 인해서 감사하다니 이해가 안 갈 것이다. 하지만 장애로 인해 삶을 살아가는 지혜를 얻었다. 삶의 지혜를 알게 해 준 '장애'라는 친구에게 감사하다. 장애는 평생 가야 할 친구 같은 존재이다.

"아무리 장애로 인해 삶이 힘들어도 세상은 살 만한 가치가 있기에 힘들어하지 말자."

"감사하며 살면 감사할 일이 생긴다."

"극복하면서 살면 어떤 어려움도 견디는 마음이 생겨."

'극복'은 성장을 위한 도구이다. 누구나 위기는 있기 마련이다. 그 위기를 어떻게 극복하느냐가 관건이다. 이왕이면 감사하면서 극복하면 얼마나 좋을까? 성장하기 위해서는 극복해야 한다.

故 정주영 현대그룹 회장은 하신 말은 힘을 준다.

"해 보기나 했어?"

해 보기나 하고 얘기를 하자. 해 보지도 않고 포기하면 극복한 삶이 아니다. 극복한 사람은 먼저 움직인다. 일단 움직이면 모든 것을 이길 수 있다. 변명만 하는 사람은 변명만 한다. 해 보고 나서 이야기하자. 실패하면 다시 일어나는 것이 극복 아니겠는가? 정주영 회장의 말은 아무 일도 할 수 없을 때마다 교훈이 된다. 해 보기라도 해 보자는 마음이 들게 만들어 다시 시작하게 한다.

운동도 꾸준히 하고 있다. 운동은 고2때 전국장애인체전과 경기도 장애인체전 이후로 계속 되었다. 운동도 성장하기 위해서 매일 해야 한다. 몸을 단련시켜야 다른 것도 단련시킬 수 있다. 운동을 하면 머리가 맑아지면서 생각도 새롭게 한다. 몇 년 전에 지인 대표님이 운영하시는 헬스장에 초대되어 갔다. 처음에는 그

냥 한번 와 보라는 건지 알았다. 하지만 그것이 아니었다. 대표님
은 방문을 한 날에 이렇게 말을 하셨다.

"진행아, 매일 여기 와서 운동을 해 보자!"

평소에 집에서도 운동을 했다. 하지만 헬스장에서 운동을 하고
싶었기에 흔쾌히 와서 운동을 해 보겠다고 말했다. 거기에서 한
운동은 몸을 건강하게 해 줌과 아울러 극복을 할 수 있는 계기를
만들어 주었다. 성장하기 원한다면 극복을 해야 한다. 극복은 성
장을 하는데 중요한 자양분이 된다. 성공을 위한 극복이 아닌 성
장을 위한 극복은 계속 이어진다. 발음연습도 강사가 되기 위함
도 있지만 다른 이들이 잘 알아들을 수 있게 하기 위해서이기도
하다. 발음연습을 치열하세 해서 사람들에게 인정받는 강사가 되
려고 한다. 도약할 것이다. 성장하기 위해서 매일 치열하게 발음
연습, 운동, 글쓰기를 할 것이다. 멋진 성장을 위하여 나가려고 한
다.

6. 그들에게는 장애는 아무것도 아니었다

　장애를 극복한 위인들은 늘 도전하는 삶을 살았다. 늘 웃으며 살았다. 그들에게 장애는 아무것도 아니었다. 오히려 자신의 장애로 인한 것보다 사회에서 보는 시선이 두려웠을 것이다. 이런 현상을 이렇게 본다.

　"장애인을 바라보는 시선이 차별을 만든다."

　장애는 아무것도 아니지만 장애인을 바라보는 시선이 장애인들을 힘들게 만든다. 한편으로 장애인을 부정적으로 바라보는 시선을 개선하기 위해 노력하는 장애인들도 있다. 장애인을 존재 그 자체로 바라봐 주었으면 한다. 똑같은 사람으로 생각해 주었으면 한다.

몸이 불편할 뿐 마음이 불편한 것은 아니다. 마음마저 불편한 삶을 살았다면 도전하고자 하는 마음, 긍정적으로 살고자 하는 마음은 가지지 못 한다. 긍정적인 마음으로 사니 도전하고자 하는 마음이 생긴다. '하면 된다.'라는 마음으로 사는 이는 마음도 매일 상쾌하고 무엇이라도 하고자 한다.

장애인 코미디언 동생인 기명이는 항상 도전한다. 요즘 유튜버로도 활동 중인 기명이는 연극, 영화 등등 여러 가지에 도전을 마다하지 않는다. 할 수 있다는 마음이 들면 무조건 하는 성격이다.

'그까짓 장애, 즐기면서 살아요.'

기명이는 항상 이렇게 말한다. 실제로 장애를 즐기면서 살고 있다. 개그 소재도 자신의 장애이다. 그야말로 그에게는 장애는 아무것도 아니다. 장애인들이 특수한 존재로 만드는 사회를 풍자한 개그를 하다. 장애인들이 다니는 학교를 특수학교라고 한다. 지금은 통합교육이 되었지만 내가 학교 다닐 때만 해도 일반학교 안에 특수학급이 따로 있었다. 장애인을 특별한 존재로 만들어

버리는 것이다. '특수'라는 의미는 이것이다.

'특별히 다른'

장애인이 다른 존재인가? 물론 다름은 인정해야 한다. 하지만
특별하게 다루어서 분리시키는 것은 아니다. 장애인은 특수한 사
람은 아니다. 따로 분리할 존재도 아니다. 함께 해야 할 대상이다.
다름은 인정하되 특수한 존재로 이야기하지 않았으면 한다. 기명
이 개그를 듣고 '아하, 맞네.'하고 맞장구를 쳤다.

장애인들도 무엇이든지 할 수 있다. 아무것도 못 하는 존재로
생각하는 이 사회가 차별을 만든다. 장애인의 장애를 보지 말고
능력을 바라봐야 한다. 코로나19 바이러스 확산으로 인해 취업분
야에 빨간불이 켜졌다. 비장애인들도 취업이 힘들어지는 상황이
다. 힘든 상황이지만 장애인들이 취업문을 두드릴 때 장애정도가
아닌 능력을 보고 선택해 줘야 한다. 장애는 취업하는데 아무것
도 아니다.

강사를 꿈꾸고 있다. 그래서 닉 부이치치를 존경한다고 앞에서
말한바 있다. 닉 부이치치도 장애인으로 태어난 것이 감당이 안
될 정도로 버거웠다. 장애를 인정하기 시작한 것은 어머니께서
들려준 장애를 극복한 장애인 이야기를 듣고 나서 도전을 생활화
한다.

'장애는 극복이 가능하구나. 아무 것도 아닌 장애구나.'

닉 부이치치는 아마도 이렇게 생각하면서 도전을 즐기지 않았을까? 닉 부이치치는 장애를 극복해서 강사뿐만 아니라 서핑도 한다. 이런 그에게 장애란 아무 것도 아니다. 47년 동안 장애인으로 살아온 나도 장애는 아무 것도 아니다. 걷기연습을 하면서 넘어지고 일어나기를 수도 없이 반복했다. 주저앉으면 한참을 주저앉아 있었던 적도 있었다. 아버지의 목소리가 힘들어서 안 들렸던 적도 많았다. 극복하고자 하는 의지가 전혀 없었던 적이 있었다. 아버지 목소리는 한참 있다가 세미하게 들렸다.

"이진행, 천천히 일어나봐. 어서!"

아버지 목소리가 분명하게 들렸다. 정신이 바짝 들었다. 힘을 내서 일어났다. 천천히 걸어 나갔다, 아버지는 걸어오는 나를 바라보시면서 미세한 웃음을 지어보이신 것이 어렴풋이 기억이 난다. 걷게 된 순간 내가 가진 생각은 이것이었다.

'장애는 아무것도 아니구나. 극복만 하면 가능하구나.'

그렇다. 장애는 아무 것도 아니다. 살아가면서 불편한 점이 많겠지만 극복하며 나아가면 된다. 비장애인들보다 시간을 더 들이거나 반복하면 된다. 반복하면 극복이 가능하다. 걷기연습을 할 때 반복적으로 연습을 하지 않았다면 휠체어에 의존한 삶을 살고 있을 것이다. 장애는 비장애인들보다 더 노력하게 만들어 주었다.

장애는 극복해야 하는 산과 같은 존재라고 2020년 6월 출간된 《마음 장애인은 아닙니다》에서 말했다. 산은 올라갈 때는 쉽지만 내려올 때에는 조심해야 한다. 장애도 마찬가지인 것 같다. 장애를 이겨내려고 하는 마음을 가지는 것은 쉽다. 하지만 극복을 하려면 수많은 연습이 필요하다. 뼈를 깎는 고통을 수반해야 한다. 2017년 5월 12일, 발달장애인들과 함께 하는 소백산 산행이 있었다. 발달장애인들과 함께 하는 산행은 즐거웠다. 그 산행에서 대피소에 거의 도착할 지점에서 넘어져 무릎에 작은 상처를 내었다. 중간에 쉬었지만 충분한 휴식을 취하지 않았다. 목적지에 다 와서 긴장이 풀리면서 다리가 꼬여 버렸다. 장애는 극복을 해야 하지만 무리하게 극복을 해서는 안 되는 것이었다. 더디더라도 천천히 극복하며 나아가야 했다.

비록 장애를 가지고 있었지만 장애가 아무 것도 아님을 몸소 보여준 이들이 있다. 그들은 위인이다. 장애는 생활하는데 아무 장애가 되지 않는다. 강인한 의지를 가짐으로 장애를 극복한 사람이 진정한 승리자가 아니겠는가? 진정한 승리자가 되려고 인내하면서 걷기연습에 매진해 걷게 되었다. 소소하게 글도 쓴다. 글을 씀으로 나를 돌아본다. 쓰고 있을 때에는 모든 것을 잊을 수 있다. 장애를 가졌다고 아무것도 하지 않고 있지 않는다. 무언가를 한다는 것은 장애는 아무것도 아님을 몸소 보여주는 것이다. 앞으로 할 수 있는 것은 다 해 보려고 한다. 기회가 된다면 세계여행도 갈 것이다. 더욱이 감사마스터이다. 2019년 1월에 지인들 감사스토리를 모아 감사스토리 책을 출간하였다. 우선 한국전 국민들 감사스토리를 모아서 책을 또 출간할 것이다. 그리고 전 세계를 여행 다니면서 세계인들 감사스토리를 모아서 '세계인들의 감사스토리'라고 하여 감사스토리 책을 또 출간하려고 한다. 이렇게 할 수 있음은 장애는 아무 것도 아니기에 가능하다. 그렇다. 몸이 불편한 사람이 장애인이다. 더욱이 이런 불편함을 극복해 나가는 사람이야말로 위인이다. 매일 장애로 인한 불편함을 극복하며 생활하고 있다. 장애는 아무것도 아니다. 그러기에 치열하게 오늘도 행동한다. 아무 것도 아닌 장애는 도전하는 마음을 주었다. 치열하게 도전중이다.

7. 장애를 가졌다고 특별한 것은 아니다

'특수학교, 특수학습, 특수학과'

앞부분에서도 잠깐 언급하였지만 장애인 관련 명칭에서는 '특수'라는 말이 들어간다. 장애인은 특별히 다른 존재이고 특별하게 다루어야 한다는 의미로 이런 말을 하는 것 같다. 하지만 장애인은 특별한 존재가 아니다. 비장애인들과 똑같이 다니고, 똑같이 말하고(청각장애인들은 '수화'가 언어소통방식임을 알 것이다), 똑같이 호흡을 한다. 단지 몸이 불편할 뿐이다. 몸이 불편해서 '특수'라는 말을 붙이지는 않는다. '특수'라는 말이 장애인과 비장애인들을 분리하는 느낌을 준다. 장애를 가졌다고 특별한 것은 아니다. 오히려 자신의 장애를 훨씬 능가하는 능력으로 활발하게 활동하는 장애인들도 있다. 장애라는 단점이 장점이 되어 살아가는 장애인들이 있다. 그렇다고 이들을 특별하다고는 하지 않는다. 이렇게는 말은 한다.

"대단하다! 놀랍다!"

대단하고 놀라울 것이다, 하지만 장애를 극복한 이들도 수없이 넘어지고 일어나는 것을 반복했을 것이다. 그러면서 경지에 올렸을 것이다. 비장애인들과 같은 경로를 밟는다. 비장애인들도 사업을 하거나 취업을 할 때 한번 실패했다고 아예 무너지지는 않지 않는가? 비장애인들도 10번 넘어지면 11번째 일어난다. 장애인들도 마찬가지이다. 단지 장애인들은 장애가 있기 때문에 시일이 걸릴 뿐이다. 그럼에도 불구하고 불굴의 의지로 일어난다. 걷기연습을 할 때 10번을 넘어져도 11번째 다시 얼어나 걸었다. 처음 한 두 번은 일어나기가 버거웠다. 아버지는 용기를 주는 말로 격려를 해 주었다. 한번 넘어졌다고 아예 주저앉지는 않았다. 일어나려고 발버둥을 쳤던 그때가 기억이 난다. 아버지는 '대단하다'라는 말을 했지만 내가 넘어지고 일어나는 법을 통해 삶을 살아가는 지혜를 배우기를 바라는 마음이 있었을지도 모른다.

같이 사는 세상이다. 누구나 특별하다. 장애를 가졌다고 특별한 존재로 만들지 말았으면 한다. 장애인과 비장애인 포함하여 자신의 한계를 뛰어넘는 자가 진정한 특별한 존재가 아니겠는가?

국가는 장애를 가진 이들에 대한 정책을 만들어 지속적으로 실시해야 한다. 국가에서 하는 장애인 정책은 장애인들이 특별해서 실시하는 것은 아니다. 특별해서 장애인들에게 혜택을 주는 것은 아니다. 특별해서 혜택을 준다면 참된 복지정책이 아니다. 국가에서 하는 복지정책은 당연하다. 당연한 것을 특별한 것으로 보면 안 된다. 당연한 것이기에 장애인들은 정부나 국회를 향해 목소리를 낸다. 노인들도 혜택이 있다. 노인들이 특별해서 혜택을 주는 것인가? 당연하기에 복지 혜택을 준다.

자주 목격하는 장면이 있다. 한 휠체어 장애인이 지하철 안에 있는 엘리베이터를 타기 위해 그 앞에서 기다리고 있다. 엘리베이터 문이 열리자마자 뒤에 있던 사람들이 먼저 타 버린다. 그들은 이 휠체어 장애인을 보지 못 했냐? 엘리베이터 탄 사람들은 멀뚱멀뚱 이 휠체어장애인을 바라볼 뿐이다. '양보'를 해 주는 사람은 없다. 먼저 타 버린 사람들에게 아무 말을 못 하는 장애인도 그렇지만 앞에 보이면 먼저 타라고 말이라도 해 봐야 하는 것은 아닐까? 장애인들도 당당히 말을 해야 한다.

"저 기다리고 있는 것 안 보이셨어요? 먼저 타도록 해 주세요."

좀 이기적인 것처럼 보여도 어쩔 수 없다. 당연한 요구이기에 한다.

이제 말한다. 엘리베에터는 누구나 탑승해도 된다. 단, 교통약자 우선이다. 교통약자용 엘리베이터는 휠체어에 탄 사람이 보이면 먼저 탑승하게 해야 한다. 그런 다음에 노인이나 몸이 불편한 사람들, 임산부들이 타야 한다. 그런데 어떤지 아는가? 앞에 휠체어 장애인이 버젓이 보이는데 비장애인이 먼저 타 버린다. 결국에는 휠체어 장애인은 다음 엘리베이터를 타는 어처구니가 없는 일이 일어난다. 이것은 '배려'이다. 배려하는 마음이 있었다면 휠체어 장애인이 보였을 것이다. 물론 못 보았을 수도 있다. 아무리 바쁘더라도 주위를 돌아보는 것은 필요하지 않을까? 장애인들이 특별해서 배려를 하라는 것은 아니다. 장애인 교통정책 일환으로 당연하다. 이것을 교통약자들만의 혜택으로 보지는 말아야 한다. 지하철 안에 있는 엘리베이터는 누구나 탑승이 가능하다. 단, 교통약자 우선이라는 점을 알아두길 바란다. 비장애인들 모두가 '양보'를 하지 않지는 않는다. 간혹 '먼저 타세요.'라고 친절히 말해주는 사람들도 있다. 움직일 수 있는 다리가 있는 장애인들은 좀 불편하더라도 계단을 이용하여 내려가는 것도 서로를 존중하는 방편이라는 생각을 해 본다.

'장애인은 특별하고 불쌍한 존재이다.'

가끔 길거리에 다니다보면 불쌍한 눈빛으로 쳐다본다. 장애인들을 특별하고 불쌍하게 보는 시선이 장애인을 차별하게 만든다. 주변에 직장에 출근하여서 일을 하는 장애인들이 있다. 그렇게 조금이라도 직업을 갖고 생활하는 장애인들을 보면 대단한 사람들로 부각시킨다. 장애인을 미화하거나 감동 대상으로만 규정하는 우리사회 시각에 대해서는 특별히 경계해야 한다. 장애를 미담소재로 삼아 장애인을 영웅시 하다보면 '열심히 노력하면 장애가 있어도 별게 아니구나.'라고 실제로 장애가 가지고 있는 문제들을 가릴 수 있다. 장애를 이겨낸 영웅들은 많다. 누구나 노력은 한다. 미담이야기를 응원하되 장애인들의 장애가 가지고 있는 문제점을 봐 주었으면 한다.

나도 할 수 없는 것이 있다. 할 수 없는 것을 극복하라고 강요하는 것은 아니다. 사회가 노력해 물리적인 장벽은 반드시 제거해 나가되 그래도 할 수 없는 부분에 대해서는 극복을 강요하는 것이 아니라 있는 그대로 모습을 수용하는 자세가 필요하다. 장애인은 무언가 특별하기 때문에 무슨 일이든지 잘 할 거라는 생각은 위험하다. 특별한 존재가 아닌 그 모습 그대로를 존중해 주면서 나아갔으면 한다. 직장에서도 장애인들의 장애가 가지고 있는 문제들을 가리지 말고 점차 개선을 해 가면서 비장애인들과 함께 어울러 일울 할 수 있는 환경을 만들어 주어야 한다.

장애를 가졌다고 특수한 집단, 불쌍한 집단은 아니다. 장애를 이기고 도전하는 삶을 살고 있다고 대단한 인생은 아니다. 특별한 것도 아니다. 다름을 인정하되 그 다름을 수용하면서 나아갔으면 한다. 다양성을 인정해야 한다. 최근 우리 사회가 다양성을 가치 있게 여기는 문화로 바뀌어 가고 있다. 그래서 인종적인 다양성 혹은 문화적인 다양성뿐만 아니라, 개개인이 매우 소중한 사람이라는 것을 중요하게 여기는 분위기로 가고 있다. 그래서 장애를 인간이 가진 다양성이라는 측면으로 이해를 하고 있다. '특수교육'은 어떤 특정한 집단이 아니라, 모든 이를 위한 교육이다. 장애인이 특수하다는 인식하고 특수교육을 장애인에게만 적용시키지는 말아야 한다. 다양성의 시대이다. 다양성이라는 측면에서 생각을 하자. 좀 더 나은 방향으로 나아가리라 믿는다.

8. 그들은 포기하지 않았다

"즉시, 반드시, 될 때까지!"

지금은 하지 않고 있지만 몇 년 전 자주 나갔던 '꼴통쇼(꼴찌들의 통쾌한 승리쇼)'에서 자주 외쳤던 구호이다. 즉시, 반드시, 될 때까지 해 보자는 의미에서 외쳤다. 즉시, 반드시, 될 때까지 하는 삶이야말로 포기를 모르는 삶이 아니겠는가? 포기를 하지 않으려면 불굴의 의지를 발휘해야 한다. 강인한 정신력도 필요하다. 때로는 포기하고 싶을 때도 있다. 도저히 할 수 없을 때에는 생각을 하고 충전을 하면서 할 수 있는 원동력을 찾아야 한다. '포기'

가 안 좋다는 말은 아니다. 내려놓을 때에는 내려놓아야 한다. 과감히 포기하는 자세도 필요하다. 단, 하는 데까지 해 보고 포기도 했으면 한다.

장애를 이겨낸 위대한 장애인들도 때로는 포기하고 싶었을 것이다. 하지만 안 된다고 포기하면 안 된다는 생각으로 무장하고 인내하면서 포기하지 않는 삶으로 나아갔다. 뒤에서 자세히 말하겠지만 롤모델인 닉 부이치치도 포기하지 않은 삶을 살았고 지금도 살고 있다. 그는 할 수 있는 것이라면 포기하지 않고 다 한다. 카누도 타고, 서핑도 한다. 자신의 장애를 즐긴다. 나도 동강 래프팅에 도전을 한 적이 있다. 래프팅 전, 너무 겁에 질렸다. 하지만 래프팅에 들어가는 순간 두려움은 사라졌다. 포기하고 싶지 않은 마음이 있었다. 카누, 서핑을 즐기는 닉 부이치치를 보면서 존경심이 들었다. 도전을 하고 싶은 마음이 들었다. 아니 꼭 도전한다.

'도전하는 자는 포기하지 않는다.'

도전하는 자는 결코 포기하지 않는다. 도전하는 중에는 포기하고자 하는 마음이 전혀 들지 않는다. 걷기연습을 했던 것은 도전이었다. 걸을 수 없을 것 같았다. 아버지의 격려와 더불어 자리한 생각이 있다.

"여기서 포기하면 영영 못 걸을 거야. 걷자! 걷자! 살기 위해 포기하지 말자!"

이 생각이 포기하지 않게 했다. 조금이라도 안 된다는 마음을 가지고 포기했더라면 지금도 휠체어에 의지하는 인생으로 살고 있었을 것이다. 살고 싶다는 열망, 이겨내고 싶은 소망이 포기하지 않게 했다. 무엇이든지 끝까지 하는 성격이다. 지금은 1인 기업가로 살고 있다. 마지막으로 근무한 직장에서 마지막까지 성실히 일을 마무리하고 나왔다. '성실'이라는 가치로 삶을 살아 나가고 있다. 성실히 일을 하는 자는 포기를 모른다.

'poco a poco'

SBS에서 방영된 '브람스를 좋아하세요?'에서 나온 말이다. 이 말 뜻은 '서서히, 조금씩'이다. 그 드라마에서 나온 저 말을 보고 생각했다.

'그래, 서서히, 조금씩 움직이면서 하면 돼. 잠깐 쉬는 한이 있더라도 결코 포기는 하지 말자.'

맞다. 장애를 이겨낸 위인들도 포기하고 싶은 마음이 들었을 것이다. 그들도 서서히, 조금씩 그 포기하고 싶은 마음을 이겨내고자 노력을 했을 것이다. 아니 노력을 해온 그들의 흔적을 발견했다. 포기하지 않는 마음이 또한 자신을 이기는 것이 아니겠는가?

걷기연습을 하면서 포기하고자 하는 마음이 없지는 않았다. 첫날 연습할 때, 한발 내딛는 것이 마치 얼음 위가 미끄러워서 힘이 빠지는 것처럼 느껴졌다. 다리에는 무거운 보조기를 차고 있었다. 무거워서 도저히 한발을 내딛을 수가 없었다. 아버지는 뭐라고 하는 것 같은데 안 들렸다. 몸이 굳어버렸다. 포기하고 싶었지만 용기를 내어 한발을 내딛었을 때 포기하고자 하는 마음은 저 멀리 가 버렸다.

앞에서도 말했지만 '포기'하면 이 분이 생각난다. 내가 존경하는 장애인 위인은 닉 부이치치 외애도 한분이 더 있다. 바로 영국의 윈스턴 처칠 수상이다. 그가 했던 말은 절망하고 포기하고 싶을 때 좋은 각성제가 된다.

'절대로, 절대로, 절대로 포기하지 마라(Never, Never, Never give uo)'

보통 이렇게 알고 있다. '절대로'를 '결코'라는 말로 사용하기도 한다. '절대로'나 '결코'라는 같은 말이지 않은가. 잠깐 멈추는 한

이 있더라도 도전과 열정을 절대로, 결코 멈추지 않음으로 포기하지 않는다. 자신의 언어로 인한 장애가 오히려 윈스터 처칠 수상을 위대하게 만들어 주었다. 무너질 때마다, 힘들 때마다 이 말을 새기면서 다시 행동한다. 실패할 수 있다, 그럴지라도 포기는 하지 않아야 한다.

"성공이란 열정을 잃지 않고 실패를 거듭할 수 있는 능력이다."

-윈스터 처칠-

실패를 거듭할 수 있는 능력이 성공이다. 승리는 실패를 거듭하더라도 포기하지 않는 자에게 돌아간다. 열정이 있으면 포기를 할 수 없다. 치열함도 있다면 포기라는 단어는 생각조차 나지 않을 것이다. 고난과 역경은 누구라도 온다. 역경과 고난은 지나간다. 단, 포기만 하지 않으면 유쾌하게 되는 날은 온다.

1968년에 스웨덴 하보(Sweden Habo) 마을의 한 병원에서 태어난 레나 마리아(Lena Maria)는 선천성 신체장애가 있었다. 그녀는 태어날 때부터 양팔이 없었고. 한쪽 다리는 짧고 뒤틀려 있었다. 하지만 그녀는 국제 장애인 수영 대회에서 4개 금메달(Gold medal)을 차지했고 발로 피아노 건반을 치며 스웨덴 스톡홀름 왕립 음악학교에 입학을 한다. 그녀가 부른 가스펠

송(gospel song)은 음반으로 제작되었다. '발(足)로 쓴 내 인생의 악보'라는 책을 써서 베스트셀러가 되기도 했다. 레나 마리아(Lena Maria)가 태어났을 때 병원에서는 부모님에게 장애 아동을 위해 전문 시설에 아이를 맡기는 것을 권했다. 중증 장애인을 평생 돌봐야 한다는 것이 얼마나 힘들고 괴로운 일인지 설명하기도 했다. 하지만 레나 마리아(Lena Maria)의 부모는 마리아의 장애를 있는 그대로 받아들이고 사회에 적응하는 방법을, 사랑과 함께 철저하게 가르쳤다. 그녀는 이제 비장애인들보다 더 열정적이고 활력을 뽑으며 살아가고 있다. 팔이 없어도 피아노를 칠 수 있고 그림을 그릴 수 있고, 요리도 할 수 있다.

한쪽 다리가 뒤틀려도 운전을 할 수 있고 수영선수가 될 수 있다. 많은 사람들은 고난과 역경 앞에서 어쩔 수 없다고 불가능한 일이라면서 포기하기도 한다. 하지만 한계를 극복하기 위해 도전하고 노력하면 불가능은 없다는 것을 증명해 보이는 불굴의 사람들이 있다.

지금 다시 도전해 보길 바란다. 도전할 줄 모르고 포기하는 것이 바로 장애이다.. 어떤 어려움이 있더라도 한계를 극복하기 위해 도전하는 순간 이미 승리자이다.

제3장

장애를 이겨낸 한국의 위인 8

1. 넘지 못할 장애물이 아닌 신체적 장애(세종)

27명 조선왕 중 백성을 사랑으로 통치한 왕은 누구인지 다들 알 것이다. 바로 4대 왕인 세종대왕이다.(아하 '세종'이라 표기한다.) 세종은 조선 최고의 성군이라 일컬어진다. 세종이 편찬한 《훈민정음》에는 이런 구절이 있다.

내이를 어여삐 녀겨
새로 스물여덟자를 맹가노니
사람마다 수비니겨 날로쓰매
편아케 하고저 할 따라미니라.

〈훈민정음 서문 중〉

왜 이 구절을 말하는 걸까? 세종은 향년 54세 나이로 세상을 떠나기 전까지 조선의 정치·경제·사회·문화에 안정된 기틀을 잡아 놓았던 왕이다. 그러나 이렇게 많은 기틀을 잡아 놓은 왕이지만 세종은 여러 질병으로 고생하였다. 그리고 시각장애를 입었던 왕이었다는 것은 모르는 이들이 많다. 세종 24년(1442) 6월 16일조 실록에 보면 이런 내용이 나온다.

"내가 근년 이래로 소갈증과 풍습병을 앓게 되어 모든 정사가 예전과 같지 못한데, 온천에서 목욕한 이후에는 소갈증과 풍습병이 조금 나은 것 같다."

소갈증과 풍습병을 시달리던 세종은 온천욕을 통해 치료를 하면서 정사에 매진했다. 그 후 세종은 두 눈이 흐릿해지면서 음침하고 어두운 곳은 지팡이에 의지하지 않고서는 걷기가 어려워진다. 세종은 책을 밤낮으로 놓지 않고 보기를 즐겨하여서 책을 많이 보아 생긴 안과 질병으로 생각했다. 세종의 증상은 현대의학으로 보면 '저시력에 의한 시각장애'로 볼 수 있다. 시각장애를 가지게 되었다. 이런 세종에게 신하들은 온천욕으로 효력을 보았다는 사례를 전하며 온천욕을 청한다. 하지만 세종은 농사철에 온천욕을 가면 백성들이 번거롭다고 허락을 하지 않는다. 자신의 불편함에 앞서 백성의 삶을 염려했다. 배려를 하는 세종의 모습을 볼 수 있다. 재차 요구하는 신하들 청에 세종은 결국 온천행을 허락한다. 그럼에도 불구하고 백성에 대한 애정은 잊지 않는다. 백성에 대한 애정은 복지정책으로 이어진다. 장애를 통해 백성 삶을 읽었다.

장애인이 장애로 인해 활동하기 어려운 신체적 활동인 개인위생관리, 신체기능유지 및 증진, 식사도움, 실내이동 등을 도와주고 지원하는 '활동보조인 제도'라는 것이 있다. 세종에 대해서 알아보면서 놀라움을 금치 못한 업적이 있다. 자신의 장애로 인해 복지정책을 실시한 세종은 '활동보조인 제도'를 이때부터 실시를 하고 있었다.

실록에 보면 당시 장애인에 해당하는 '독질, 페질, 잔질자'에게 장정 한명(오늘날 '활동보조인'을 의미한다고 봄)을 주어 봉양하도록 명한다. 장정이 없는 경우에는 나라에서 생활비를 지원한다. 이처럼 세심하게 복지정책을 펼쳐 나갔다.

신하들 반대에도 불구하고 시각장애인에게 벼슬을 계수한다. 장애인에게 벼슬을 주는 것은 그들의 공에 대한 정당한 대우임을 밝힌다. 자신의 의지를 굽히지 않았다. 자신의 장애를 통해서 백성들 삶을 읽은 세종은 애민군주라 할 수 있다.

세종 이야기는 현대 복지정책에 경종을 울린다. 자신의 입은 장애로 인해 다른 장애인들을 생각하는 장애인들이 많다. 그들은 정계로 나아가거나 아니면 사회로 나가서 복지정책 개선의 목소리를 높인다. 그런 것을 보면 참 감사하다는 마음이 든다. 사람은 자신이 겪어 봐야 같은 상황인 사람들이 보이나 보다. 장애인들도 다른 장애인들을 도울 수 있다. 함께 함으로 서로에게 힘이 되고 더 나아가 비장애인들과 연대를 위해 노력한다. 길을 가다가 수동휠체어를 힘들게 끌면서 올라가고 있는 장애인들을 보면 도와준다. 그런데 무조건 도와주지 않는다. 먼저 물어본다.

"제가 밀어드려도 될까요?"

상대방이 동의하면 그때 도와준다. 여기서 장애인을 대하는 팁을 하나 알려 주겠다. 장애인에게 도움을 줄때에는 먼저 도움을 줘도 되는지 물어봐야 한다. 그냥 아무런 말없이 도움을 주면 장애인은 당황해한다. 이렇게 생각하면서 말이다.

'나 혼자 할 수 있는데......'

도움을 먼저 주는데 거절을 할 수 없는 상황이 된다. 그래서 먼저 도움을 줘도 되는지 물어보는 것이 장애인에게는 좋다.

세종이 장애인에 대한 정책을 실시한 배경에는 자신의 시작장애로 인한 고통이 있었기 때문이다. 그 고통이 어려운 백성들, 장애로 인한 삶을 하루하루 살고 있는 장애인들에게 희망을 만들어 주었다. 장애를 입지 않았어도 세종은 백성들 삶을 돌아봤지 않았을까 하는 생각을 해 본다. 신하들 반대에도 불구하고 세종은 의지를 굽히지 않는다. 그 굽히지 않는 의지가 장애인을 관직에 고용하게 했다. 그 당시보다 나아졌지만 현대 복지정책은 아직도 나아갈 길이 많다고 할 수 있다. 더 많이 달라져야 한다. 더 나은 세상을 위해 장애인만이 아닌 비장애인도 함께 앞장섰으면 한다.

신체적 장애가 넘지 못할 장애물은 아니다. 새로운 길을 만드는 계기가 되기도 한다. 세종이 그런 삶을 살았고 그런 정책을 만들어 실시했다. 세종이야말로 진정 백성을 사랑했던 왕이라고 할 수 있다. 이런 왕이 있었음이 무한 감사하다.

진정한 리더란 어떤 사람인가? 이런 사람을 리더로 본다.

"도움이 필요한 사람들을 생각하고 그들에게 다가가 실질적인 도움도 주고 살아가는 힘과 용기를 주는 자"

세종이야말로 이런 모습을 보여준 진정한 왕이다. 자신의 불편함을 원망한 왕이 아닌 불편한 백성들의 삶을 돌아본 세종은 위대한 군주이다.

2. 장애를 가졌음에도 맡은 바 소임을 다하는 신실함(선조)

1567년 16세에 왕위에 오른 조선 제14대 왕인 선조는 '비겁한 왕'이라 알려져 있다. 도성을 버리고 의주로 피난해야 했다. 백성들 울음소리와 원성을 감내해야 하는 시련을 겪어야 했다. 역사적 혼란 속에서 자리를 지켜야 했다. 그리고 병과도 싸워야 하는 고통가운데 있었던 왕이었다. 좌상 정유길이 선조에게 2품 이상을 거느리고 임금의 덕을 기리기 위한 칭호인 '존호'를 올리고자 청한다. 하지만 선조는 거절을 한다. 선조는 무슨 병을 가지고 있었던 걸까? 선조는 '심질(정신장애)'를 앓고 있었다. 이런 이유로 신하들 청을 거절한다. 선조가 앓고 있는 '심질'은 정신장애의

하나인 정신분열증의 하나로 '광병', '광질'이라고도 한다. 그 이후로도 신하들과의 '존호' 문제는 줄다리기가 계속 된다. 선조는 쉬고자 하는 뜻을 밝히며 신하들 청을 강하게 물리친다.

선조는 세자였다가 국왕이 되는 일반적인 과정을 거치지 않았다. 이는 선조가 정치를 하는 과정에 걸림돌이기도 했다. 선조의 어렸을 적 이름은 '이균'이다. 16세의 이균은 명종이 세상을 떠나자 인순왕후의 승인을 받아 왕으로 추대가 되었다.

선조는 '후궁의 손자'라는 꼬리표를 달고 왕위에 오른 경우에 해당된다. 중종의 서자였던 덕흥대원군의 셋째 아들로 태어났기 때문이다. 선조에게 궁궐생활은 그리 녹록치 않았을 것이다. 동궁에서 자라지 않은 왕이었기에 그의 모든 일상은 신하들의 관심이 집중되었다. 아마도 잘 해내야 한다는 부담감이 선조에게는 있었을 것이다.

선조의 행동은 어긋남이 없었다. 노력하는 군주의 면모를 보여주었기 때문이다. 시간이 흐를수록 신하들과 학문을 논하며 진정한 군주가 되고자 한 것이다. 여기서 신하들은 성군의 모습을 본 것이다. 이것을 계기로 해서 선조에게 존호를 올려야 한다는 주장을 한다. 하지만 선조는 극구 반대의사를 밝힌다.

존호를 반대한 이유가 무엇이었을까? 선조는 '비겁한 왕'이라는 평가가 있다. 그도 바른 정치를 지향하며 정치를 했다. 당시 정국은 혼란 상태였다. 야인의 침략으로 나라를 제대로 지키지 못 했다는 자신에 대한 책망이 들어서였을 것이다. 그저 자신의 본분에만 충실하고자 했다. 정신장애를 가지고 있었지만 통치자로서 소임을 다하고 싶었다. 하지만 선조의 근심은 나날이 커져가고 심질은 점점 심해져 갔다. 존호문제가 문제가 아니었다. 선조에게 절실한 문제는 심질을 치료하고자 하는 마음이었다. 심질 증상이 심하고, 충동조절에도 어려움을 보였다는 선조 스스로 표현한 말이 있다.

"만약 여러 날 고집한다면 반드시 광질이 발작할 터이니."

선조와 같은 심질을 앓았던 홍문관 부응고 조정립은 지병인 심질을 이유로 사직을 상소한 기록이 있다. 다행히 조정립은 사직을 청하여 병을 치료하고자 휴식을 취할 수 있었다. 하지만 선조는 왕이기에 자리를 비우기가 어려웠다. 비록 조정립과 같은 정신장애를 가지고 있었지만 말이다.

이런 상황에 처해진 선조이지만 신하들의 계속되는 청을 모르는 체 할 수가 없어진다. 결국 선조 23년(1590년) 4월 24일 '정륜입극성덕홍렬(正倫立極聲德洪烈)'이라는 존호를 받는다. 그 후 2년 후 임진왜란이 일어난다. 나라를 잃고 헤매는 가운데 임금인 자신이 존호를 사용하는 것은 죄라며 존호를 삭제할 것을 명한다. 선조는 존호는 무슨 호인지 모르겠다면서 '어진 이를 배척

하고 간사한 사람을 쓰고, 실성하여 나라를 잃은 전하(斥賢用芽失性喪國殿下)라고 한다면 받아들이겠다는 말과 함께 존호가 그대로 남아 있다면 즉시 삭감하라'는 뜻으로 승전(承傳)을 받들라는 말을 전한다. 통치자로서 늘 고뇌하는 삶을 살아야 했다. 더 이상 심질을 참아 내기가 어려워진다. 임진왜란으로 인한 정신적 스트레스는 정신장애를 더욱 심화시켰다. 이런 증상은 왕위에서 물러나고자 결심을 하게 만든다. 선위의 뜻을 밝히지만 신하들 반발은 컸다. 선조 25년 11월 8일 정원, 좌의정 윤두수는 양위의 뜻을 거두어 달라고 청하며 상소를 올린다. 선조는 고질 때문에 사람들 뜻에 따르고자 하는 것이지 다른 뜻은 없다면서 왕위에 물러나고자 하는 뜻을 비망기로 대신에게 전고한다. 선조는 점점 정신장애가 약화된다. 결국에는 미친 증세인 전광증을 보인다. 선조의 선위 의사는 그의 재위기간동안 여러 차례에 걸쳐 반복되었다. 그 후 선조 40년(1607년) 10월 9일 정신을 잃고 쓰러졌다가 깨어나는 일이 일어난다. 이에 선조는 10월 11일 비망기를 내려 세자에게 전위하고자 한다. 그러나 영창대군과 광해군, 이들을 둘러싼 팽팽한 대결은 세자에게 전위하는 것을 허용치 않았다. 이런 상황에서 선조는 41년(1608년) 2월 1일 세상을 떠난다.

선조는 백성을 버리고 의주로 피난을 가는 '비겁한 왕'이었지만 '비운의 왕'이기도 했다. 어진 군왕을 꿈꾸었으나, 당쟁의 중심이자 피해자이기도 했다. 임진왜란에 속수무책으로 대응을 한 탓에 백성들 고통은 컸다. 하지만 후세 사람들이 알지 못했던 것이 있다. 정신장애를 끌어안고 통치자로서 소임을 다하고자 했던 왕이었다는 것은 알려지지 않았다. 반평생을 정신장애로 살아온 왕이다. 그러면서도 조선을 보듬고자 했다. 비겁한 왕이자 비운의 왕이었지만 그의 장애는 나의 삶을 새로운 각도에서 바라보게 해주었다.

선조의 많은 이야기가 있지만 깨달은 것에 대해 이야기하고자 한다. 장애를 가지고 있었던 선조이지만 그의 성실함에 비중을 두고자 한다. 비록 장애는 다르지만 뇌병변장애를 가지고 있다. 정신장애를 끌어안고 맡은바 소임을 다한 삶을 산 선조를 보면서 몇 년 전 일이 생각났다. 장애가 있다고 일을 아무렇게나 하면 안된다. 맡은 바 소임을 다한다는 것은 성실하다는 것이다. 비록 정신장애를 가지고 있었지만 소임을 다하고자 한 선조 모습은 경종을 주었고 몇 년 전 다녔던 회사에서 게으름 안 피우고 일을 하게 만들었다. 성실함은 아버지에게 배웠음은 앞에서 말한바 있다.

'장애를 가지고 있다고 게으름 피우지 말고 성실히 일을 해야 한다.'

아버지는 직접적으로 말은 하지 않았지만 행동으로 보여주었다. 아버지는 성실함의 대명사였다. 무슨 일이든 아무렇게나 하지 않았다. 이런 모습은 동료 직원들에게 모범이 되었다. 아버지 주위에는 좋은 분이 많았다. 성실한 사람 곁에는 사람이 모인다는 것을 아버지를 통해 알게 되었다. 그래서 나도 항상 성실하게 일을 하려고 한다. 아버지를 따라가려면 아직도 멀었지만 최대한 성실하게 일을 하려고 해 왔다. 회사에서 근무를 할 때 아버지를 떠올리며 일을 하면 정신이 번쩍 든다. 다시 열심히 일을 하는 모드로 돌아오곤 했다. 성실한 모습은 회사에서 주인의식을 가질 수 있도록 했다. 회사에 소속되어 있지만 항상 주인의식을 가져야 한다. 주인의식을 가지게 되면 성실히 일을 하게 된다. 마지막으로 다녔던 직장에서 듣고 나온 한마디는 아직도 힘이 된다.

"이간사는 어디에 가든 일을 잘 해 낼 거야."

아버지의 행동으로 보여준 말과 마지막으로 다닌 직장에서 듣고 나온 한마디는 정신장애를 가지고 있으면서 맡은바 소임을 다한 선조를 기억나게 한다. 장애가 있다고 맡은 바 최선을 다하지 않으면 안 된다. 지금까지 다녔던 회사에서 일하면서 실수는 했다. 하지만 일은 마지막까지 마무리하고 퇴직을 했다. 실수를 하면서 배운다. 반복적인 실수는 신뢰를 떨어뜨리기 때문에 주의하며 일을 해야 한다. 선조는 맡은바 소임을 다 하기 위해 노력을 많이 했다. 선조의 모습에서 맡은바 소임을 다하는 것이 중요함을 배웠다. 장애가 있어도 성실히 행동을 해야 한다. 장애인의 장애가 아닌 그의 능력을 보고 일을 맡겨야 한다.

3. 일을 함에 장애는 아무 것도 아니다(숙종)

현종 아들로 태어난 숙종은 남인과 서인의 대립, 노론과 소론의 대립이 격화된 시대에 통치를 한 왕이다. 정국은 파행적 운영을 거듭했다. 심해진 당쟁은 붕당정치의 절정과 파탄을 보여주었다. 숙종은 이런 상황 속에서 왕권을 강화하려 하였다. 임진왜란 이후 사회 체제 정비를 완료하고, 신료들에게 왕에 대한 신임을 높였다. 경제적으로 대동법 확대, 상업 활동을 지원하고자 위한 상평통보 통용, 군제 개편을 마무리하는 등 국왕으로서 온전함을 유지하고자 했다.

이런 숙종에게 시련이 다가온다. 숙종42년(1716년) 안질(眼

疾)이 심해 잔글씨를 보는 것이 어려워진다. 이것은 단순한 질병이 아닌 시각장애였다. 그의 나이 56세였다. 시간이 지날수록 장애는 심해져 갔다. 이에 숙종은 온천수를 운반하여 눈을 치료할 것을 허락한다. 그러나 역부족이었다. 나아지기는커녕 점점 심해져 갔다. 전에 시각장애를 앓은 세종을 기억하는가? 신하들은 세종의 전례대로 숙종에게 온천욕을 권한다. 그러자 이마저도 의견이 분분하였다.

제조와 우의정 등이 숙종의 온천행에 대해서 논의를 했고 숙종의 결정으로 온천을 가기로 한다. 이 결정은 숙종 스스로 내린 결정이었다. 병을 치료하기 위해 최선을 다해 보고자 하는 마음이 있었나 보다. 숙종에게는 힘겨운 싸움이었다. 마지막 회한을 없애고자 하는 간절함이 담겨져 보인다. 온천행은 약 한 달간 지속되었다. 안타깝게도 숙종의 시력에는 변화를 주지 못한 안타까운 온천행이 되어버린다. 정지하고 환도를 한다. 이후 어지럼증을 호소하는 일이 빈번해진다. 좀처럼 호전되지 않았고 정사를 보는 것에 힘겨울 정도에 이르게 된다. 신하들과 앞으로 어떻게 하면 좋을지 진지하게 의논을 한다. 숙종의 눈 상태는 이러하였다. 왼쪽 눈은 실명에 가까웠고, 오른쪽 눈은 보이기는 하나 뚜렷이 보이지는 않았다. 글자를 크게 써서 보여드렸지만 이것도 역부족이었다. 숙종은 나라를 걱정했다. 이대로는 통치를 할 수 없어 세자로 하여금 대리청정을 하는 것을 신하들에게 말을 한다.

숙종은 5년 동안 병마에 시달려 왔다. 안질이 더욱 고통스러워 졌다. 물체를 보아도 더욱 희미해져간다. 수응(酬應)하기가 점차 어려워진다. 국사가 걱정이 되어서 세종 때 전례와 당나라 때 고사에 의거하여 세자에게 청정(聽政)하게 한다. 그러나 이 과정도 수월하지가 않았다. 당파 간 견제가 이루어진다. 승정원 등에서 세자의 의절(儀節)을 의논하여 거행하자는 의견이 올라왔다. 숙종 또한 좀처럼 결정을 내리지 못하였다. 이른 왕권약화를 불러온다.

숙종은 보이기라도 했던 오른쪽 눈마저 물체를 보는 것이 어려워지는 지경에 이른다. 숙종은 상황의 심각성을 느꼈다. 이에 세종은 세자의 대리청정에 관해 하교를 하였다. 1717년 10월 3일 왕세자 대리청정을 종묘 사직에 고하고 팔방(八方)에 교시를 반포하였다. 당쟁과 오랜 신경전을 펼쳤던 숙종 시대는 1720년 60세를 끝으로 막을 내린다.

숙종도 선조와 마찬가지로 장애에도 불구하고 자신이 해야 할일에 대해서는 성실하게 왕으로서 역할을 수행하려고 했다. 이것은 무엇을 말하는가? 장애는 일을 하는데 아무런 걸림돌이 안 된다는 것이 아니겠는가? 비록 마지막에는 신하들 만류에도 불구하고 세자에게 대리청정을 했지만 최선을 다한 왕이라 생각한다.

마지막으로 다녔던 직장에서 있었던 일이 기억난다. 그 직장을 나오면서 일을 마무리하고 나왔다. 하지만 내가 완벽했다는 말은 차마 하지 못하겠다. 일을 하면서 실수도 수도 없이 했다. 실수를 만회하려고 마지막까지 수습을 했다. 한번은 이런 일이 있었다. 그 직장은 1년간 진행한 사업에 대해 감사를 받는다. 감사를 준비하는 기간은 하루하루가 힘들었다. 밤을 새 가면서 준비를 했다. 지역 장애인들을 위한 자립생활을 도와주는 직장이라서 서류도 꼼꼼히 해야 한다. 지역 장애인 인적사항 등등 세세한 것은 더 꼼꼼히 관리를 해야 한다. 원본서류와 사본서류도 구분해서 철을 해 놔야 한다. 원본 서류가 안 보이면 다시 지역장애인을 만나서 인적사항을 받아야 한다. 그래서 얼굴에 철면피를 깔고 지역장애인을 만나러 나갔다.

"선생님, 자번에 인적사항 적어 주셨는데 찾아보니 서류가 없네요. 죄송하지만 다시 적어 주실 수 있으세요?"

지역장애인은 사나운 얼굴로 쳐다보면서 말을 한다.

"저전에 해 줬는데 서류가 없다고 또 해 달라고? 싫은데?"

이 말에 물러서지 않고 머리를 숙이며 끝까지 받아낸 기억이 난다. '안 되면 되게 하라.'라는 정신으로 인적사항을 받아 냈다. 받아내면서 등에는 식은땀이 흘려 내렸다. 그 직장을 나오기 몇 달 전부터는 쉬면서 중간에 출근해서 일을 해서 마무리를 지어놓고 퇴직했다.

실수를 종종 했다. 완벽하지 않았다. 하지만 마지막은 아름다웠다. 조금은 미약했지만 퇴직할 때에는 성실하게 일하고 나왔다. 숙종도 시각장애를 입고 있었지만 정사를 보며 실수를 했을 것이다. 단지 왕이라 신하들이 수발들면서 뒤처리를 해 주었을 것이다. 마지막으로 일한 마포장애인자립생활센터에서 일할 때 내가 실수를 하면 팀장님이 뒤처리를 해 주었다. 사회복지법인 해든에 다닐 때에도 언제나 뒤처리는 팀장님이 해 주었다. 뒤처리도 함께 하면서 해 주었다. 팀장은 나보다 나이는 어리더라도 늘 힘이 되는 말로 용기를 주었다.

"진행씨, 실수해도 괜찮아요. 실수했다고 자책하지 말아요. 자책하는 것이야말로 자신을 죽이는 거예요. 우리 함께 해 보아요."

팀장의 말이 얼마나 힘이 되었는지 모른다. 팀장님은 현재 해든에서 국장으로 승진하여 일을 하고 있다.

비록 마지막에 시각장애로 인해 정사를 보기 힘들어져서 세자에게 대리청정을 하도록 한 숙종이다. 세자의 대리청정은 조선의 앞날을 위한 결정이기도 했다. 두 눈이 보이지 않기 시작하면서 신하들에게 눈엣가시가 되었을 것이다. 하지만 그마저도 이겨내고 정사를 보는 일에 매진하지 않았을까 하는 생각을 해 본다. 그에게 장애는 정사를 보는 데에 있어서 아무 문제가 안 되었던 같다. 눈에 장애가 있음에도 최선을 다해서 나랏일을 돌보았다는 점에서는 치열하게 살아온 것 같다.

이제까지 다녔던 직장에서 실수 아닌 실수를 했지만 그 실수를 만회하려고 노력을 했다. 자책하지 않으려 했다. 누구나 실수는 한다. 실수를 하면서 배워 나가면 된다. 실수를 즐기지는 않아야 한다. 전 직장에서 종종 저지른 실수는 나를 돌아보게 하였다. 지금도 어떤 일을 하다가 실수를 하면 그때 일을 기억하면서 마음을 새롭게 한다. 장애가 있다고 대충대충 살지 않는다. 숙종처럼 치열하게 살아가고 있다.

4. 놀라운 기억력의 소유자(순종)

2017년 5월 12일부터 13일까지 1박 2일 동안 발달장애인과 함께 하는 소백산 희망일출을 경기도 성남에 위치한 한마음장애인복지관에 다니는 발달장애인들과 다녀왔다. 발달장애는 선천적으로 또는 발육 과정 중 생긴 대뇌 손상으로 인해 지능 및 운동발달 장애, 언어 발달 장애, 시각, 청각 등 특수 감각 기능 장애, 기타 학습장애 등이 발생한 상태를 말한다. 그럼 자폐증이란 무엇인가? 자폐증이란 다른 사람과 상호관계가 형성되지 않고 정서적인 유대감도 일어나지 않는 아동기 증후군으로 '자신의 세계에 갇혀 지내는 것 같은 상태'라고 하여 이름 붙여진 발달장애를 말

한다. 자폐증은 발달장애인에 속하는 장애이다. 그날 함께 산행을 함께 한 발달장애인들은 간혹 산행도중 중간에 멈추는 경우가 있었지만 마지막까지 산행을 마쳤다. 지능발달장애, 운동발달장애, 언어발달장애가 나타날 뿐이다. 그들과 대화를 하면 남다르다는 것을 느낀다. 한 가지에 집중을 하는 발달장애인들도 있다. 하지만 자폐증은 자신만의 세계에 걷혀 지내는 것 같다. 자폐증을 다른 말로 지적장애라고 한다.

조선 27명 왕 중에 자폐증 증세를 보인 왕이 있었다고 하면 믿을 것인가? 그는 바로 조선 제27대 왕이신 순종이다. 전의(典醫)는 조선 말기에 왕의 질병과 황실의 의무(醫務)를 관장하였던 의관직(醫官職)을 말한다. 순종당시 전의는 1860년 영국에서 태어나 1893년 부산으로 입국하여 11월 1일부터 제중원 4대 원장으로 봉직한 에비슨 박사였다. 조선 말기 황현 시인이 남긴 《매천야록》에 보면, 순종에게 장애가 있었음을 언급한 부분이 나온다. 에비슨 박사가 남긴 부분을 살펴보자

'우리가 조선에 도착했을 때 왕과 민비는 두 아들을 두고 있었는데, 맏이는 불행히도 정신박약아였다. 그는 이미 성인이었고 신체적으로는 건장했으나 성적으로 미발달된 상태여서, 두 번이나 결혼했으나 후손이 없었다.'

여기서 '맏이'는 순종을 말한다. 순종은 놀라운 기억력을 가졌다고 에비슨 박사는 기록하고 있다. 실제로 순종은 놀라운 기억력을 가지고 있었다고 한다. 단 한번이라도 만나 본 사람들을 항상 기억했으며 이름을 거침없이 부를 수 있었다. 시계를 수집하는 취미도 가지고 있었다고 한다. 하지만 순종은 글자 의미는 몰랐다. 또한 생각을 표현하기 위해서 문장을 만들지는 못했다. 이것은 순종에게 지적장애, 즉 자폐증이 있었다는 것이다.

에비슨 박사가 입궁할 때마다 순종을 보았지만, 박사에게 말을 건네는 일은 좀처럼 없었다. 그러나 일반적인 일에는 정신이 흐렸지만 사물 형태나 이름에 대해서는 놀라운 기억력을 갖고 있는 듯했다.

그런데 여기서 반전이 일어난다. 1901년 황태자였던 28세의 순종이 고종에게 올린 글을 보면 에비슨 주장과는 거리가 있는 글이 나온다. 이 글은 당시 왕태자였던 순종이 8월 23일 상소문을 올려 태자 자리를 사양하는 내용이다 순종이 글자 의미를 모르고, 사리 분별을 못하거나 정신이 흐리고, 주변 일에 관심이 없다는 에비슨 말과는 상반되는 내용이다.

『고종실록』 33권, 고종 32년(1895) 8월 23일조에 보면 아래와 같이 나와 있다.

"신(臣)은 나이가 어리고 배운 것이 없는 몸으로 외람되게 저

사(儲嗣)의 자리에 있다 보니 마음이 늘 송구스러운데 어제 내린 칙지(勅旨)를 받고 놀랍고 두려워 어찌할 바를 모르겠습니다. 생각건대 폐하의 이 조치는 큰 의리로 결단한 것인 만큼 신과 같은 어린 처지로는 감히 사정(私情)을 말할 때가 아닙니다. 그러나 태자의 지위는 중요한 만큼 오늘날의 신의 처지로는 사실 잠시도 그대로 있기 어렵습니다. 그래서 감히 피눈물을 흘리며 우러러 하소연하는 바입니다. 엎드려 바라건대 하늘 땅 같은 부모는 특별히 불쌍히 여기는 처분을 내림으로써 사사로운 명분을 편안히 해 준다면 더없이 다행하겠습니다." 하니, 비답하기를, "너의 정리(情理)를 내가 어찌 모르겠는가? 응당 처분을 하겠다."

이는 1895년 8월 20일 명성황후가 곤녕합에서 45세에 시해된 후, 8월 22일 일본의 압력에 의해 고종이 황후 민씨를 폐서인(廢庶人) 조처한 것에 따른 것이었다. 어머니를 잃고 그 죽음의 배일 또한 밝히지 못하자 순종은 비통한 마음을 누르며, 자식 된 도리와 마음을 표현하고자 상소문을 올렸다. 이러한 왕태자 뜻을 모르지 않았던 고종은 상소문을 받자, 다음과 같은 지시를 내렸다.

"짐(朕)은 왕태자(王太子)의 정성과 효성, 정리(情理)를 고려하여 폐서인(廢庶人) 민씨(閔氏)에게 빈(嬪)의 칭호를 특사(特賜)하노라."

    황후의 명예를 조금이나마 회복하고자 고종에게 뜻을 전달하였다. 고종은 아들의 마음을 받아들였다. 이것은 순종이 도리를 알고 행하며, 자신의 뜻을 이루고자 이치와 논리에 맞는 글로 각 상황마다 행동했음을 보여준다. 여기서 에비슨 박사 기록이 정확히다는 단언을 하기는 어렵다. 다만 역사적 상황 속에서 순종은 충격과 스트레스를 받았을 것이다. 어머니인 명성황후 시해사건인 을미사건은 순종에게 충격적이었다. 1898년에 김홍륙(金鴻陸)이 고종을 시해할 목적으로 공홍식, 김종화를 시켜 고종과 태자가 마시는 커피에 독약(아편)을 투입한 사건이 일어난다. 고종은 냄새가 이상하여 마시지 않았으나, 태자는 마시다가 토하고 쓰러졌다. 어머니의 억울한 죽음과 자신의 목숨까지 위협받은 상황은 순종에게 정신적·육체적 충격을 주었다. 순종은 정신적·육체적인 문제를 갖게 되었을 가능성을 배제할 수는 없다. 이것은 '지적장애' 증상이 아니다. 에비슨 박사가 순종을 '성적(性的)으로 미발달된 상태'라고 한 기록이 나오는 부분으로 보건데 순종은 성기능장애를 가지고 있은 듯하다. 황현의 《매천 야록》에 순종의 성질환을 다룬 부분이 나온다.

    "세자는 음위의 질환이 있었다. 혹은 타고난 고자라 하고 혹은 어릴 적에 궁녀가 그 양경을 빨아 한번 나온 후 수습이 되지 않은 것이라 하였다. 나이가 좀 들자 음경이 오이처럼 드리워져 발기될 때가 없었고 소변이 저절로 흘러 항상 자리를 적셨으며 하루에 한 번 요를 갈았으며 바지를 두 번 갈아입혀야 했다. 혼례를 치르고 해가 지나도록 남자 구실을 하지 못했다. 명성황후는 한탄하며 몹시 조급해했다. 한번은 궁비를 시켜 세자에게 남녀가 교접하는 형상을 짓도록 하고 문밖에서 큰소리로 "되느냐, 안 되느냐?" 물으니, "안 됩니다." 하였다. 명성황후는 여러 번 한 숨을 쉬고 가슴을 치며 일어났다. 당시 사람들은 이를 완화군(完和君)을 살해한 응보라 생각하였다."

두 명의 왕비와 혼인을 하였다. 하지만 순종에게는 후사가 없었다. 그런 탓에 배다른 동생인 영친왕 이은이 순종의 뒤를 잇는 황태자가 되었다. 이는 그에게 성기능장애가 있었음을 보여준다. 이런 삶을 살은 순종은 1926년 53세로 승하하였다.

처음에는 자폐증이 있다고 보았지만 후에 성기능장애가 두드러진다고 보였던 순종이다. 비록 순종이 자폐증이 아니지만 자폐증에 관련된 이야기를 하고자 한다. '자폐증' 하면 떠오르는 영화가 있다. '말아톤'이 떠오른다. 그 영화 주인공 초원이를 보면서 자폐증을 앓고 있는 이들이 한 가지에 집중을 잘 함을 알 수 있었다. 요즘은 여러 가지를 잘 해야 성장을 하는 시대이긴 하지만 무엇을 하더라도 한 가지만 잘 한다면 성장을 넘어 성공을 하지 않을까?

자폐증은 자기 혼자만의 세계에 살면서 타인과 교류를 위한 지적능력이 발전되지 못한 증상이다. 자폐증을 가진 사람들은 고도의 집중력이 있다고 알려져 있다. 뇌의 모든 에너지를 외부를 인식하는 곳에 사용하지 않고 순전히 자기 자신만의 관심사에만 사용하게 되니까 자폐증 가진 사람이 어떤 일에 흥미를 가지게 되면 오로지 그 일에만 집중하게 되고 그 집중력 또한 정상인보다 상당히 높다.

순종이 비록 자폐증이 아니라고 판명이 났지만 놀라운 기억력을 가지고 있었다고 한다. 자폐증을 가진 이들도 고도의 집중력이 있다고 한다. 기억력이 좋다는 것은 고도의 집중력이 있다는 것 아니겠는가?

자폐아들도 대단한 능력이 있음을 알아주고 적재적소에 취업이 되었으면 하는 바람이 있다. 지적장애를 가진 역사적 인물 중에서도 뛰어난 능력으로 장애를 이겨낸 위인들이 있음을 안다면 생각이 바뀌지 않을까? 장애인의 장애가 아닌 능력을 봐 주어야 한다. 자폐아들도 치열한 삶을 살고 있음에 응원해 주자!

5. 불이익이나 차별을 받을 장애는 아니다(이원익)

"사람의 곁모습만 보고 그 사람의 됨됨이를 판단하지 마세요!"

종종 사람들에게 말하는 내용이다. 장애인으로 살아온 46년 인생, 사람들은 나의 장애를 보고 판단하는 경우를 본다. 이것은 편견이다. 편견은 그 사람의 참모습을 헤아릴 수 없게 한다. 자신의 능력을 인정받아 높은 위치에 올라간 사람이 있다면 믿겨질까? 그것도 조선시대, 다섯 번이나 재상 자리에 올랐다면 믿어질까? 그는 바로 대동법의 시행을 건의한 이원익 재상이다.

이원익은 왜소증 장애를 가지고 있었다. 그럼에도 나라와 백성을 위해 노력했던 문신이다. 그 증거가 대동법이다. 대동법 건의 배경에는 백성을 향한 애민의 마음이 있었다. 다섯 번이나 재상 자리에 오르고, 청렴한 성품을 지닌 덕에 이조판서와 영의정을 역임한다. 비록 작은 키를 가지고 있었지만 능력은 출중했다.

이원익은 자신의 호를 따라 '오리 재상'이라 불렸다. 혹자는 그를 가리켜 '키 작은 재상'이라 불리기도 했다. 다른 사람보다 유난히 직은 3자 3치 즉, 1m가 조금 넘었기 때문이다. 등이 굽거나 다리에 병을 가지고 있지는 않는 점으로 보아 선천적으로 매우 작은 키를 지녔던 것으로 보인다. 앞에서도 말했듯이 이원익은 왜소증 장애를 가진 자이다. 하지만 자신의 작은 키로 인해 사회로부터 불이익을 당하거나 차별을 당한 흔적은 보이지 않는다. 몇 번의 시련은 있었다. 하지만 고위 관료로서 안정적인 관직생활을 해 나갔다.

일찍이 과거에 급제를 했다. 하지만 두루 친분을 만들어 사람들과 어울리는 성격은 아니었다고 한다. 그는 능력이 출중했기에 중앙관직으로의 진출을 여러 번 추천을 받았다. 능력을 알아봐주는 이가 있었는데 그가 바로 율곡 이이다. 자신의 능력을 알아봐주는 이가 있음이 얼마나 행복했을까? 이원익의 어떤 능력을 알아본 걸까? 선조 7년, 이원익이 황해도 도사로 임명되었을 때, 군대의 병사를 관리하는 문제를 해결을 하여 중앙에 보고를 한다. 이이는 그를 한눈에 알아보고 매우 아끼게 된다.

항상 백성을 먼저 생각한 이원익은 황해도 안주 목사로 임명되어 쌀 1만 여석을 풀어서 굶주린 백성을 구제를 한다. 안주 백성들 삶이 나아지도록 누에를 길러 실을 뽑을 수 있는 양잠 기술을 가르친다. 임진왜란 이후에 백성들은 경제적인 어려움을 겪었다. 백성들 부담을 덜어주기 위해 김욱이 주장한 대동법 시행을 주장한다. 경기도를 중심으로 시범적으로 시행한 후 전국적으로 확대하여 실시를 함으로 백성들 삶을 안정화시킨다.

이원익은 깊은 충성심도 있었다. 인조 시절에 함경도 복병사를 지낸 이괄이 불만을 품고 난을 일으킨다. 그러자 이원익은 직접 공주까지 왕을 호위하여 내려갔다. 1627년에 정모호란이 일어났는데 당시 이원익 나이는 80세였다. 그럼에도 불구하고 전주까지 세자를 호위하여 깊은 충성심을 드려낸다. 그 후 나이가 많아 더 이상 직무를 수행할 수 없다고 생각한다. 관직에서 물러나 금천으로 돌아간다. 다섯 번이나 재상에 오를 만큼 권력 중심에 있었다. 비바람도 가리지 못하는 초가집에서 살면서 떨어진 갓과 베옷을 입고 살았다. 병으로 아픈 와중에도 약 한 첩 쓰지 못 할 정도로 가난했다고 한다. 그의 청렴한 모습에 사람들이 그가 재상이라고 생각하지 못 했다고 한다. 검소한 삶을 살다가 87세 나이에 조용히 세상을 떠났다.

왜소증 장애를 가지고 태어났다. 하지만 능력을 인정받아서 재상 위치에까지 올랐다. 우리 사회는 겉모습만 보고 그 사람의 역량과 가능성을 보지는 않는지 이원익 이야기를 통해 생각해 본다.

직장을 알아보고 첫 직장에 출근한 날이었다. 처음부터 사무직 쪽으로 취업이 된 것은 아니다. 첫 직장은 생산직이었다. 어떤 경로로 취업이 되었는지 기억은 안 난다. 그 회사는 전선을 조립하는 조그만 회사였다. 사장이 나를 보자, 전선을 조립해보라고 한다. 하지 못 하는 것을 본 사장님은 아무런 말도 하지 않고 벗어 놓은 점퍼를 입혀 주면서 말을 한다.

"나가세요!"

이 한마디뿐이었다. 설레는 마음으로 출근한 날, 1분 만에 쫓겨났다. 차가운 바람이 부는 겨울이었다. 집에서 가까운 거리였다. 일을 할 수 있다는 기쁜 마음에 차가운 바람도 잊은 채로 회사에 도착한 기억이 난다. 그렇게 간 회사에서 1분 만에 쫓겨났다. 출근할 때에는 가까웠던 거리가 집으로 오는 길에서는 멀게만 느껴졌다. 집에 오자 어머니 말은 내 마음을 더 아프게 했다.

"진행아, 왜 이리 일찍 온 거야?"

대답을 못 했다. 방으로 들어가서 울었다. 그러면서 사장님에게 이렇게 말을 못 했던 것이 아쉬웠다.

"사장님, 며칠만 기회를 주세요."

결국은 말을 못 하고 쫓겨났다. 당시 시간을 조금만 더 주었더라면 전선을 조립할 수 있지 않았을까? 사장은 내가 장애인인 것을 잠시 잊은 듯 했다. 그 사장은 장애를 먼저 본 것이다. 가능성을 보이도록 시간을 주었더라면 얼마나 좋았을까 하는 아쉬움이 남는다. 할 수 있겠지 하는 마음에 고용을 했는데 하지 못 하니 답답했던 사장의 마음도 이해가 가긴 한다.

"가르쳐 준다면 배워서 일해 보겠습니다."

이런 말을 했더라도 가르쳐서 일을 할 수 있도록 하셨을까? 아마도 기회조차 주지 않았을 것이다. 집에 오면서 생산직보다 사무직에서 일을 할 수 있도록 노력을 해 봐야겠다는 다짐을 했다.

"진행씨는 이것도 못 하냐?"

사회복지법인 해든에서 자주 들은 말이다. 해든에서 일을 할 당시 실수를 종종 했다. 하지만 퇴직할 때에는 나아진 모습으로 나왔다. 당시 저 말을 했던 상사는 SNS에 올린 내 글을 본 후 전화통화를 하면서 이런 말을 했었다.

"같이 일할 때에는 글을 잘 쓰지는 못 했는데 굉장한 성장을 했군요. 보기 좋아요."

능력은 뒤늦게 나타날 수 있다. 늦게라도 내 능력을 인정을 받아서 기분이 좋았다. 자신의 장애로 인해 불이익을 받거나 차별을 받지 않은 이원익을 보면서 불이익을 박거나 차별을 받지 않기 위해 매일 작은 것을 도전하면서 성장해 '장애인도 할 수 있다'라는 것을 보여주려고 한다.

6. 장애를 뛰어 넘어 능력을 보여주다(허조)

  우리는 앞날을 모른다. 언제 불의의 사고나 병으로 장애를 입을지 모른다. 우리는 모두 예비 장애인이다. 전 국민의 10분의 1이 장애인이라는 통계가 있다. 주위에 장애를 가지고 사는 이들이 한두 명쯤은 있다. 100세 장수시대가 다가오고 있다. 100세 시대가 되면 장애 문제는 더욱 심각해 질 것이다. 사람들은 이렇게 말한다.

  "장애는 나와 상관이 없어!"

다시 생각을 해 봐야 한다. 장애와 관련해서 '나만 아니면 돼'라는 생각은 위험하다. 한때 절정의 인기를 달리던 클론 강원래 씨도 자신이 장애인이 되리라는 생각을 차마 못 했을 것이다. 이 세상 어느 장애인들 자신이 장애를 입고 살리라고 생각을 했을까? 처음에는 인정을 하지 못 했을 것이다. 하지만 차츰 장애를 입은 자신을 인정하고 새로운 삶을 향해 도전하면서 산다.

조신시대만 해도 장애인 복시성책과 사회적 인식은 대단히 선진적이었다. 이는 장애에 대한 용어에서 확인할 수 있다. 조선시대에는 장애인을 아픈 사람으로 봤다. '잔질' '독질' '폐질' '병신'처럼 몸에 병이 있는 사람으로 바라보았다. 당시 장애인에 대한 이미지는 이랬다.

'불쌍하다, 측은하다.'

도움을 줘야 하는 대상으로 인식이 되었다. 하지만 근대에 이르러 일본 영향으로 불구자, 즉 뭔가 갖추지 못한 사람, 몸 기능이 결여된 사람으로 여겨진다. 앞에서 조선시대 장애인정책은 장애인에게도 직업을 가지고 자립을 하도록 했다는 점에서 상당히 선진적이었다고 말했다. 조선 후기 실학자 최한기는 《인정》에서 이렇게 강조한다.

"어떤 장애인이라도 배우고 일할 수 있어야 한다."

이를 통해 실제로 조선시대 장애인은 자신의 처지에 맞는 다양한 직업을 갖고 자립적인 삶을 살았음을 알 수 있다. 거동하기 어려운 중증장애인들은 자립하기가 어려웠다. 다산 정약용의 《목민심서》에는 이런 구절이 나온다.

"듣지 못하는 사람과 생식기가 불완전한 사람은 자신의 노력으로 생계를 이어갈 수 있으며, 보지 못하는 사람은 점을 치고, 다리를 저는 사람은 그물을 떠서 살아갈 수 있지만, 오직 중환자와 불구자는 구휼해주어야 한다."

조선은 장애인에겐 조세와 부역 및 잡역을 면제하고, 죄를 범했을 때에도 연좌제를 적용하지 않기도 하는 등 장애인에 대한 다양한 지원정책을 펼쳤다.

조선시대는 장애유무보다 능력을 중시했다. 그래서 장애가 있어도 능력이 뛰어나면 오늘날 장관에 해당하는 판서나 국무총리에 해당하는 정승에까지 오를 수 있었다. 세종조 정치사에서 빼놓을 수 없는 인물이 있다. 바로 조선 건국 후 예악을 정비하고 국가 기틀을 마련하는 데 큰 공을 세운 허조이다. 허조는 세종의 신임을 얻어 영의정에까지 이른다. 어려서부터 체격이 왜소하고 어깨와 등이 구부러진 곱사등이, 즉 척추장애인이었던 허조, 마음은 대쪽같이 곧아서 모든 일에 빈틈이 없는 사람이었다고 한다. 허조는 언제나 새벽닭이 울 때 일어나 몸을 정결히 한다고 한다. 일상생활에서도 변함없는 모습을 보여 주었다.

매일 일어나는 시간이 일정하다. 아침 일찍 일어나서 그날 할 일을 생각하고 기도하면서 준비를 한다. 하루 종일 흐트러진 모습을 보이지 않은 허조의 모습은 내 모습과 겹친다. 하루를 시작하면서 정결한 모습으로 시작하는 것은 어려서부터 몸에 베였다. 몸에 장애가 있다고 아무렇게나 하고 다니지 않는다. 깔끔한 외모와 냉철한 지성, 따뜻한 마음으로 하루를 시작한다.

《해동야언》에 보면 허조는 사람들에게 '수응재상(瘦鷹宰相)'이라고 불리었다고 한다. 수응재상에서 수응이란 '여윈 매'를 뜻한다. 매는 몸집이 크고 살이 많은 것보다 몸이 여윌수록 더 많은 새를 잡아먹는다고 알려져 있다. 허조가 이런 별명을 가지고 있었던 것은 그가 등이 굽은 척추장애인으로 그 모습이 마치 '여윈 매'를 닮았기 때문이었다. 매는 사냥을 할 때 몸을 움츠린 채로 먹이를 잡아먹는다. 어려서부터 척추장애를 갖고 있었던 허조의 모습이 매의 모습의 연상되어서 이런 별명이 붙은 것이다. 매는 여윌수록 먹이를 많이 잡아 먹는다. 이는 장애를 가지고 있음에도 가정에서나 조정에서 누구보다 변함이 없는 부지런하고 유능한 허조의 모습과 이어진다.

장애인으로 46년 동안 살아왔다. 그럼에도 부지런하다는 말을 많이 들으면서 살아왔다. 허조처럼 유능하다는 말은 그다지 듣지 못 한 것 같다. 일을 하나 맡겨주면 마지막까지 어떻게 해서든지 마무리하는 성격이 있다. 마지막으로 근무하고 나온 직장에서 들은 말은 앞으로 살아가는데 힘이 되었다.

"이간사는 어디에 가서 일을 하든지 성실히 잘 해낼 거야."

마지막까지 마무리한다는 것은 유능하다는 말도 되지 않을까? 중간에 막히더라도 끝까지 포기하지 않고 마무리하는 것은 유능하다는 것이다. 성실은 아버지에게 물려 받아 내 삶의 좌표가 되었다. 비록 마지막으로 근무한 직장 후 계속 지원서를 제출했지만 취업은 안 되었다. 그럴지라도 포기하지 않고 지원서 제출을 해 왔다. 사업으로 전환하면서 잠시 지원서 제출을 멈추게 되었다. 주위 사람들은 취업을 다시 해 보는 것이 어떠냐고 권유를 한다. 하지만 하는 데까지 해 보고 나서 결정하려고 한다. 다시 취업을 할지 아닌 사업을 계속 할지. 하지만 이 책이 출간계약이 된 6월, 재택근무를 하며 사업을 하고 있다.

허조는 많은 것을 시사해주었다. 허조가 장애인이라는 것을 알아차릴 수 없을 만큼 다른 사람들과 다를 바 없는 일반적인 삶을 살았다. 보란 듯이 수많은 일을 해냈다. 조선시대초기에는 장애인을 차별하는 사회가 아니었다. 오히려 비장애인들과 동등한 인격체로 여겼던 사회이다. '차별이 아닌 차이'를 외치면서도 지키지 않는 현대사회이지만 개선될 것을 그려보면서 글과 행동으로 보여주련다. 내가 쓴 글로 인해 차별이 넘치는 이 세상이 조금이라도 바뀐다면 얼마나 좋을까? 말로만 외치지 말고 행동으로 보여주는 모습이 보였으면 한다. 더 나아가 장애인이라는 것을 알아차릴 수 없을 만큼 나른 이들과 다를 바 없는 삶을 산 허조처럼 평범하게 살고 싶다. 단 하루라도 평범한 삶을 살고 싶은 간절한 소원이 있다. 허조는 재상이다. 오늘날로 제상은 국무총리나 장관급이다. 척추장애를 가지고 있었지만 재상에 올라 나라를 바르게 이끈 허조를 보면 소망해 본다. 더 열심히 연마하여 장애인 장관을 꿈꾸어 보려고 한다. 그리하여 장애인을 다르다 하여 차별하는 현대사회에 경종을 울리고 싶다. 더 나아가 곁모습으로 사람을 모든 것을 평가하는 외모지상주의에서 현대인들이 빠져나오기를 바란다. 장애가 아닌 능력을 보아주기를 간절히 바란다.

7. 장애가 없는 모습으로 다니다(장혼)

한쪽 다리를 저는 지체장애인으로 태어난 장혼은 조선후기 유명한 출판전문가이자 시인, 교육자였다. 영·정조 시기에 한양을 중심으로 한 위항인들과 함께 전대 위항인들의 시를 모아 시집을 펴내고 시사를 결성하여 시 창작 활동을 하는 등 여향문화의 대표적인 인물이다. 여기에서 위항인이란 양반을 제외한 모든 계층의 사람들을 말한다. 장혼은 그가 살던 집을 이이엄이라 했다. 이는 그의 호가 처음에는 공공자(空空子)로 하였다가 후에 이이엄으로 바뀐 것과 연관된다. '이이엄'은 중국 당나라 때의 문인 한유의 시에서 취했다고 하여 자족(自足)을 의미한다.

장혼은 중인 집안에서 태어났다. 중인은 신분제 사회에서 벼슬살이를 할 수 있는 기회가 제한되었다. 양반들 문화에 들어가기보다는 자신들만의 문화를 향유하며 정체성을 찾아갔다.

장혼은 음률에 조예가 깊어 가곡 장단을 표기하는 매화점법을 창안한 장우벽의 아들이다. 장우벽은 음보(陰補)로 조회(朝會)와 제사에 관한 의식을 맡아보던 관청인 통례원의 관리인 통례관에 충원되었다. 의식의 순서를 적은 홀기(笏記)를 잘 불러야 한다. 그러기에 목청이 좋은 자를 뽑았다. 이런 면에서 장우벽은 음악에 뛰어난 소질을 갖고 있었다. 하급관리인 인의에 있었던 것을 알 수 있다. 장혼은 중조부 이후로 된 중인 집안에서 태어나 신분적 한계를 가지고 있었다. 그런데 아버지 장우벽은 '아버지가 계시지 않으니 녹봉을 받아서 무엇을 하냐?'라는 이유로 일 년이 못 되어 관직을 버린다. 음악을 전문으로 하고자 한 뜻이 더 컸기에 장우벽은 이후 노래 부르는 것을 무척 좋아하며 평생을 가객으로 살았다. 장우벽은 자유분방한 성격을 지녔다. 매화점법을 창안하여 조선 후기 음악사에 한 획을 긋게 된다. 그 당시는 음악가를 중요시하지 않는 신분사회였다. 가객으로서의 삶은 생계에 도움이 되지 않았다. 장우벽이 방탕한 삶을 산 것도 아니다. 효성과 우애가 깊은 자상한 아버지였다, 글공부에는 전념하지는 않았지만, 타고난 글재주가 있었다. 가객으로 인한 일정한 벌이가 없었기에 장혼 집안은 매우 빈곤했다. 게다가 장혼은 다리 한쪽을 절뚝거리는 신체적 한계를 가지고 있었다.

아래 자료를 보자.

'6세에 운명이 불행해졌는데, 다리 한쪽이 절뚝거리며 걷다 멈추었다.'

장혼, 《이이엄집》 권 1, 「술빈시(述貧詩)」

'또한 어렸을 때 다릿병(각질)을 앓아 바로 걷지 못하고 비틀거렸다.'

장지완, 《침우당집(沈雨堂集)》권6, 「장선생혼전」

'한쪽 다리를 절었지만, 집이 가난하여 몸소 땔나무를 하고 물 긷는 일을 했다.'

조희룡, 《장혼전》

위의 자료에 보면 장혼은 관절염에 걸린 듯하다. 6세에 다릿병 (각질)을 앓았다. 그 후유증으로 한쪽 다리를 절뚝거리게 되어 조금 걷다가 멈출 정도로 보행에 불편함이 있었다. 각질은 오늘날 각기병 증상과 비슷하다. 각기병은 비타민이 부족해 나타나는 영양실조증상이다. 말초신경에 장애가 생겨 다리가 붓고 마비되고 전신 권태증상이 나타나기도 한다. 그럼에도 불구하고 자신의 몸 상태를 부끄러워하지 않았다.

태어날 때부터 장애인으로 태어났다. '왜 장애인으로 태어나게 해 주어서 이렇게 힘들게 하는가?'라는 생각이 온 몸을 지배했다. 하지만 자라면서 내가 태어난 이유를 알게 되면서 장애를 부끄러워하지 않기로 마음먹었다. 내가 태어난 이유는 비장애인들에게는 나 같은 장애인도 도전하면서 살고 있는데 힘들다고 삶을 포기하지 말고 희망을 가지고 살아야 함을 전하기 위함이다. 더 나아가 장애인들에게는 꿈과 희망을 주고 위함이다.

장혼은 어린 나이에도 자신의 외모나 행색에 대해 조금도 부끄러워하지 않았다는 것을 알고 일찍부터 자신의 상황을 인식한 것 같다. 뒤늦게나마 정체성을 깨우친 나지만 지금은 장애인으로 태어난 것을 전혀 힘들어하지 않는다. 매일 작은 도전을 하는 나에게 장애는 성장시켜 주는 고마운 친구이다.

가족사면에서 장혼은 슬픔을 일찍 겪기도 했다. 24살 때(1782) 참봉 김정삼의 딸 선산 김씨와 혼인을 한다. 슬하에 3남을 두었다. 그러나 안타깝게도 혼인한지 10년 만에 아내가 전염병으로 세상을 떠나게 된다. 둘째 아들이 강보에 쌓여 있을 때었다. 장혼은 한탄하거나 원망하지 않았다. 스스로 몸가짐을 닦으며 재혼도 하지 않고 혼자서 살았다. 가난한 삶이었지만 책을 늘 가까이 했었다. 책 보는 것을 멈추지 않았다. 장애를 가지고 있었고 가난한 삶이었지만 독서하는 것을 멈추지 않는 모습은 출판전문가이자 시인, 교육자로 살아가는데 밑거름이 되었을지도 모른다는 생각이 든다.

어렸을 적부터 책을 읽는 것을 좋아했다. 어릴 적, 내 방의 책장에는 책이 가득했다. 아버지는 전집을 가끔 사다주셨다. 그 책을 수도 없이 읽었다. 책이 닳도록 읽었다. 독서가 자양분이 되어 백일장에 나가면 늘 상을 받아오곤 했다. 역시 글쓰기는 독서와 병행되어야 함을 일찍부터 터득을 했다.

당대에 많은 사람들과 교류를 했던 장혼 장례식에는 김조순, 조만영, 이서구 같은 양반과 많은 벗들, 제자들이 참석했다. 사후에 자신을 미화시키지 말라고 당부를 했지만. 그를 아는 사람들은 그러지 못했다. 장혼이 죽고 나서 시사 동인이었던 박윤묵이 만시를 지었다. 제자 고진원은 그의 묘지명을 지었다. 또 제자 장지완은 장혼의 전을 지었다. 홍석주는 장혼의 문집 《이이엄집》(14권)을 편찬해 주었다. 추사체로 유명한 추사 김정희도 글을 지어 장혼을 추모했다. 김정희는 평소 장혼에게 장애가 있었지만, 마치 장애가 없는 사람처럼 다니는 모습에 감탄했다.

장애인으로 태어나 46년을 살아왔다. 하지만 지금은 다소 불편한 걸음걸이지만 잘 걸어 다니며 활동을 하고 있다. 발음연습을 하고 난 후 지인들과 대화를 나누면 듣는 소리가 행복하게 하고 더 노력하게 만든다.

"진행 작가님, 노력 많이 하시는군요. 알아듣기가 편해졌어요. 아주 좋아요."

전화통화를 하면 못 알아듣는 지인들이 있었는데 그 지인도 발음이 좋아졌다고 한다. 마치 장애가 없는 것 같이 느껴진다고 말해 주는 사람도 있었다. 행복한 발전이다. 더 발전하는 모습을 만들어 제2의 닉 부이치를 넘어서는 모습을 보여주려고 한다.

매일을 열정적으로 살아가고 있다. 살아나가기 위해서 치열한 노력을 한다. 이제는 장애인으로 태어난 것에 대해서 긍정적인 반응을 한다. 장애인으로 태어난 것은 나를 이기기 위함과 성장을 위함이라는 것을 몸소 깨달았다. 당당하게 나가면 된다. 장애는 아무 것도 아니다. 불편함을 견디면 어떤 도전도 가능하지 않을까 하는 작은 소망을 가져본다.

8. 역경을 딛고 자유를 누린 기이한 시인(이단전)

　2종류 장애를 가지고 있는 장애인을 중복장애인이라고 한다. 조선시대에도 중복장애인이 있었다. 그는 시인이자 서예가로서 한쪽 눈을 볼 수 없는 시각장애와 어눌한 발음으로 부정확한 언어장애를 가지고 있었다. 영·정조 시대에 살았던 천민출신 이단전에 대해 말하는 것이다. 체구는 몹시 왜소했다고 한다. 얼굴에는 곰보자국이 심해서 볼품없는 용모였다고 한다. 천민출신이었고 볼품없는 용모였지만 신분이나 외모에 매여 살지 않았다. 오히려 시에 재능을 보이고 글씨도 잘 써서 당대에 유명했다. 사대부와도 교류하며 살아간 독특한 인물이다. 천민 출신 시인, 참 특이한 이력이다. 그래서인지 이단전과 교류한 양반 사대부나 중인들은 이단전과 관련된 기록을 많이 남겼다. 그의 삶은 여러 문헌과 그와 교류한 인물들을 통해 들여다 볼 수 있다.

문헌에 따르면, 이단전은 박지원의 절친한 친구로 나온다. 1787년 우의정에 올랐던 유인호 집 노비였다. 조선시대에는 노비 상호간 혼인으로 생긴 소생의 소유권을 비의 소유주[婢主]에게 귀속시킨다는 법규인 천자수모법이 있었다. 이단전 어머니가 유인호의 집 여종이었다. 그래서 이단전도 노비가 되었다. 그의 아버지에 대해서는 알 수 없는데, 황인기의 《이단전전》에는 병조 소속 야전이라고 분명히 언급하였다. 《풍요속선》의 작가 소개에서는 이단전이 연안 이씨라고 소개를 한다. 이를 보면 병조 소속 아전이라는 의견이 타당성을 갖는다. 이단전 신분은 자신의 자와 호에서도 나타난다. 단전은 '머슴, 하인'이라는 뜻이다. 자는 운기(耘岐) 또는 경부(耕傅)인데, 김매고 밭을 가는 사람이라는 뜻이다. 그 외 아호로 필한, 필재, 인헌, 인재 등을 사용을 했는데 이는 모구다 하인, 천한 놈이라는 뜻이다. 그 외에 이패랭이(李平涼)이라는 별칭이 있었는데, 평소에 평량자(平涼子 패랭이)를 쓰고 다녔기 때문이다.

이단전 재능 앞에서는 천한 존재로 여기지 않았다. 이단전은 노비임에도 불구하고 어떻게 글을 배우고 시를 짓게 되었을까? 주인인 유인호 눈에 띄었기 때문이다. 공부에 소질을 보였던 것을 기특하게 여겼던 듯하다. 주인인 유인호는 공부를 할 수 있도록 배려를 해 주었다. 내 생각에 이단전은 공부욕심이 있었던듯하다. 천하다고, 몸이 불편하다고 공부를 포기하지 않는 자세가 그를 만들어준 것 같다.

고3때 일이다. 당시 진로문제로 부모님과 의견충돌이 있었다. 부모님은 직업학교로 진학하기를 원했고, 나는 대학교에 진학하기를 원했다. 당시 부모님은 이렇게 자주 말씀하셨다.

"진행아, 일단 직업학교에서 잘 배워 취업을 한 후에 대학을 가도 안 늦을 것 같은데……"

하지만 대학진학을 간절히 원했기에 부모님 말이 귀에 안 들어왔다. 겨울방학에 집에 있는 중 연락을 해 온 담임 선생님 말을 듣고 한국방송통신대학교에 원서를 냈다. 뒤늦게 부모님 말을 들을 걸 하는 후회가 밀려 왔지만 이미 멀리 와 버린 상태였다. 1년 재수를 한 뒤 방통대가 아닌 다른 대학교에 진학을 하는 방법도 있었다. 법학을 공부를 하고 싶은 마음에 지원서를 냈다. 공부 열심히 해서 서울대학교 법학과에 들어가면 좋았었겠지만 서울대학교 들어갈 성적은 아니었기에 방송대 법학과로 진로를 정했다. 부모님에게는 죄송한 마음이 간절하였어도 그나마 다행인 것은 낮에 일을 할 곳을 구해서 다녔다. 퇴근 후에는 공부에 전념할 수 있었다. 낮에는 일하고 밤에는 공부하는, 주경야독(晝耕夜讀) 삶을 살아왔다. 공부욕심이 있었다.

이단전도 노비라는 신분 때문에 주경야독하듯 낮에는 일하고 밤에는 불을 밝히고 시를 썼다. 그리고 그것을 다시 써서 다음 날 여러 사람들에게 보이며 비평을 받았다. 그러기를 10여년을 꾸준히 했다. 대단한 노력이 아닐 수 없다. 무엇이든지 꾸준히 하면 된다는 것을 보여주는 이단전이다.

이단전 시는 밝고 아름다우면서도 동시에 삶의 깨달음이 묻어 있다. 때로는 울분에 차서 세상을 불평하는 듯하고 한계를 체념하고 초월한 뒤에 비웃는 듯하며, 외롭고 쓸쓸한 이들의 마음까지도 어루만져 주는듯하다. 비록 그가 추구하는 세계를 다 이루지는 못했지만, 때론 광기가 느껴지고 세심함이 묻어날 정도로 자유로운 예술가의 영혼을 보인다는 것을 알 수 있다. 이단전 시를 하나 옮겨본다.

낡은 묘는 으슥하여 대낮에도 스산하고
의젓 관우(關羽) 상은 한(漢)나라 의관 걸쳤네
중원을 평정하려는 사업을 마치지 못해선가
천년토록 적토마는 안장을 풀지 않네.

-관왕묘에서-

배는 불룩하여 경륜이 담겨 있고
먹이를 얻으려 그물을 쳐놓고서
이슬방울 군데군데 깔아 놓은 데로
바람 타고 날아온 나비 걸려드누나!

-거미

이단전 시 특징은 기발함과 참신함이라 할 수 있다. 《관왕묘에서》가 대표적인 시라 할 수 있다. 이 시가 사대부들 사이에 시인으로 명성이 나게 했던 시이다. 《거미》는 사물을 세밀하게 관찰한 후 기발한 생각을 담아 표현해 참신하다는 생각이 들게 한다.

이만전은 36살에 객사를 한다. 이생에서 마지막도 그의 삶만큼이나 비참했냐보다. 가난한 처지였기 때문에 평소 같이 알고 지냈던 사람들이 돈을 모아 장례를 치러 주었다고 한다. 자신의 죽음을 암시한 것 같은 시를 죽기 전에 《수성동시(水聲洞詩)》에서 읊는다.

지는 해는 힘없이 떨어지고,
뜬구름은 절로 환상적 자태라네

이단전과 같은 시대를 살았던 시인들은 이단전의 짧은 생을 안타까워한다. 신체나 신분에 구속이 있었지만, 역경을 딛고 자유를 누린 기이한 시인이다. 역경 속에서도 자신의 재능을 발견한 이단전이다. 이를 보면서 나의 모습이 보인다.

　책을 쓰고 싶은 마음으로 혼자서 글을 쓰고 있었다. 하지만 쓰고 지우고, 쓰고 지우고를 반복했었다. 어느 날, 지인 작가 초대로 참석한 출판기념회에서 나의 책쓰기 스승인 이은대 작가를 알게 된다. 당시 이은대 작가에게 현재 책을 쓰고 있다고 말을 하니 한번 보내 달라고 하셨다. 하지만 보낼 수가 없었다. 너무 초라한 글이라는 생각이 들었다. 몇 년 뒤 이은대 작가에게 연락을 드리고 만남을 가졌다. 그렇게 이은대 작가 강의를 듣고 글을 썼다. 그렇게 하여 2020년 6월초, 《마음 장애인은 아닙니다》를 출간했다. 이은대 작가는 나를 만나는 자리에서 내 손을 보았다고 한다. 과연 글쓰기가 가능할까 하는 마음으로 쳐다본 것이다. 하지만 결국에는 해내는 모습을 보면서 가능성을 보게 되었다고 한다. 일을 하는데 있어서 장애는 아무것도 아니다. 도전하는 자에게 장애는 그 어떤 것도 막을 수 없음을 천민 출신 이단전 시인에게 배운다. 배움을 넘어 실천을 한다. 장애인들도 자신의 장애를 두려워하지 말고 나처럼 세상과 소통하는 글을 적어보면 좋겠다. 함께 글을 써 보자!

제4장

불굴의 의지 세계의 위인 8

1. 내 인생의 롤모델(닉 부이치치)

어릴 시절 살았던 내 고향 집에는 미싱이 있었다. 미싱과 더불어 의자가 있었다. 그 미싱으로 어머니는 삼형제 옷을 기워 주기도 했다. 자주 넘어져서 옷이 남아돌 날이 없었다. 자주 떨어져 기워서 입었다. 지금은 세탁소에 맡기지만 어렸을 때에는 집에서 어머니가 다 해결해 주었다. 만능 미싱이었다. 미싱과 함께 있는 의자는 강사의 꿈을 꾸게 해 주었던 원동력이기도 하다. 그 의자는 내 키보다 조금 더 작았다. 마치 학교 교탁과 같은 모양이었지만 크기는 작았다. 의자를 앞에 두고 누구를 가르치는듯한 시늉을 한 기억이 난다. 어눌한 말투로 강의를 하는 모습이 머릿속에

남아 있다. 장애인으로 태어나지 않았다면 아마도 학교에서 아이들을 가르치고 있지 않았을까?

강사가 되고 싶은 마음이 그때부터 있었다. 주위에 장애를 가지고 강의를 하고 있는 지인들을 보면 부럽다. '나도 저렇게 할 수 있는데' 하는 마음이 들 정도이다. 책을 읽어도 강사처럼 앞에 사람이 있는 것처럼 읽어 내려간다. 저자의 글이지만 마치 내가 말하는 듯이 읽는 것을 종종 한다. 영상을 보더라도 강의하는 것만 골라 본다.

나에게 큰 영감과 도전을 준 이가 있다. 롤모델이자 뛰어 넘어 보고 싶은 위인이다. 바로 앞부분에서도 말한 닉 부이치치이다. 닉 부이치치의 강의하는 모습을 보면 열정이 전달된다. 온 몸으로 강의하는 모습은 흥분하게 만든다. 양팔과 양다리가 없고, 두 개의 작은 발이 달려 있는데 한 쪽 발만 두 개의 발가락이 있다. 이런 몸을 가지고 있지만 강의를 할 때 강의 무대를 열정의 무대로 만들어 놓는다. 닉 부이치치의 강의를 하는 모습을 보면서 '나는 과연 저렇게 할 수 있을까?'라는 생각을 한다. 언어에는 아무런 장애가 없는 닉 부이치치다. 단지 몸이 불편할 뿐이다. 나도 비록 몸은 불편해도 소통을 할 수 있을 만큼 말을 하는 편이다. 지금도 매일 발음연습을 한다. 전에는 책을 읽으면서 발음연습을 했지만 요즘은 다른 방법을 사용하고 있다. 지인이 알려준 방법이다. 혓바닥을 위아래로 움직여 주거나 좌우로 움직여준다. 혓바닥을 눌러주기도 하는 것을 시시때때로 한다. 그리고 '아', '오', '우'를 발음을 하는데 움직이지 않고 5초 동안 있는 연습을 한다. TV를 보거나 운동을 하거나 길을 가다가도 해도 되는 좋은 방법인 것 같아 매일 한다. 이렇게 하는 데에는 하고 싶은 일인 강사와 연관되어 있다. 강사를 하기 위해서는 말이 잘 전달되어야 한다. 강사가 되기 위함도 있지만 앞으로 살아나가기 위한 무기를 정착하는 연습이다. 살아나가기 위해서는 발음연습은 해야 한다. 그래서 유명한 강사의 영상을 보면서 연구를 하면서 발음연습도 시시때때로 하고 있다.

온 몸으로 강연을 하는 닉 부이치치는 설고사이자 동기부여 연설자이자 지체장애인들을 위한 단체인 '사지 없는 인생'의 대표이다. 오스트레일리아에서 태어났다. 1982년 독실한 기독교 집안의 장남으로 태어났다. 그의 부모는 닉 부이치치가 태어날 당시에 충격을 받았다고 한다. 여느 장애인처럼 어려움과 고난의 연속이었다. 장애인은 공립학교 다일 수 없게 되어 있었던 호주법에 따라 학교에 다니지 못 하고 있었다. 그러는 동안 법이 바뀌었다. 그리하여 닉 부이치치는 공립학교 첫 번째 장애를 가진 항생이 되었다. 왼쪽 발에 있는 두 개 발가락은 글씨를 쓸 수 있는 도구가 되었다. 발가락으로 타자도 쳤다. 공부하는 데에는 지장은 없었다. 닉 부이치치도 학교에서 집단 따돌림을 당했나 보다. 심한 우울증에 빠져 자살을 생각하기도 했다.

인간은 인생에 전환점이 있다. 닉 부이치치에게도 가장 큰 전환점이 있었다. 그의 어머니가 중증장애를 극복한 남자에 대한 기사가 실린 신문을 보여 주었다. 그 기사를 보고 닉 부이치치는 장애로 인해 어려움을 겪고 있는 사람이 자신 혼자가 아니라는 사실을 알게 된다. 스물 한 살 때, 대학에 입학해 회계학과 재무설계학 복수전공으로 졸업한다. 졸업 후 희망을 주는 연설을 하기 위한 세계여행을 떠난다. 나도 이런 소망이 있다. 코로나19 바이러스로 인해 감사인터뷰를 쉬고 있지만 한국 국민들의 감사스토리를 인터뷰를 한 후 세계를 여행하면서 전 세계인의 감사스토리를 인터뷰하고 싶은 소망이 있다. 닉 부이치치는 나에게 도전과 영감을 주는 위인이자 롤모델이다.

닉 부이치치는 2008년 일본계 여인과 만나 4년 만에 결혼을 한다. 이듬해인 2013년에 건강한 아들을 낳아 행복한 가정을 꾸리고 있다. 강연가, 동기부여가, 작가, 한 여인의 남편이 된 닉 부이치치를 보면서 나라고 못 할 것 없다는 자신감이 든다. 아름다운 여인을 만나 결혼도 하여 사랑이 넘치는 가정을 꾸리고 싶은 소망을 가져본다.

닉부이치치가 이런 말을 했다.

"최고의 장애는 당신 안에 있는 '두려움'이다."

내 안에 두려움이 있었기에 당당히 세상 속으로 들어가지 못한 날이 있었다. 첫 걷기연습을 한 날, 한발 내딛는 것이 미끄러운 길을 걷는 듯했다. 두려웠다. 몸에도 장애가 있는데 두려움이라는 장애가 내안에 있었다. 아버지는 말했다.

"진행아! 두려워? 땅을 바라보고 있으니 두려운 마음이 드는 거야. 고개를 들고 한발 한발 내딛으면 두려움 사라질 거야. 해보자!"

두려움을 없애 준 데에는 아버지의 격려가 있었다. 정면을 바라보고 나갔지만 첫 날에는 한발도 나가지 못 했다. 걷게 된 것은 그로부터 한달 뒤였다. 비록 내 몸에 장애가 있지만 당당히 세상으로 나가야 했다. 내 안에 있는 또 다른 장애인 '두려움'을 벗어버리기 위해서 매일 작은 도전을 한다. 작은 도전은 내 안의 두려움을 없애 주었다. 성장하게 해 주었다. 그렇다. 내가 할 수 있으면 당신도 가능하다. 닉 부이치치는 축구, 테니스, 골프, 수영, 서핑, 승마, 줄넘기, 전자드럼치기, 스카이다이빙 등 온갖 스포츠에 도전을 한다. 그리고 성취의 기쁨을 누린다. 세상에는 똑같은 꽃이나 나무는 없다. 다 다르게 생겼다. 그래서 아름답다. 닉 부이치치는 자신이 가진 것에 감사했다. 나도 지금 가지고 있는 것에 감사한다. 도전할 수 있음에 감사하다.

닉 부이치치는 실패하라고 말한다. 실패 후 다시 도전하라고 말한다. 실패가 두려워서 두렵다고 한다. 그래서 도전하지 않는 다면 우리의 삶 역시 거기서 멈추지 말거라고 말한다. 수 많은 실패를 해 왔다. 아버지와 함께 걷기연습을 하면서 수도 없이 넘어지고 일어났다. 어릴 적 걷기에 도전하는 모습이 지금을 만들었다. 지금은 힘들어지면 걷기 연습을 하고 있는 모습을 기억해본다. '바로 이거지.'하면서 말이다. 앞으로도 수도 없이 실패를 경험할 것이다. 그때마다 좌절을 할 것인가? 아니다. 어릴 적 걷기 연습을 한 모습을 떠올리면서 다시 일어나 도전하려고 한다. "흔들리지 않고 피는 꽃은 없다."라고 도종환 시인은 말한다. 이 세상의 아름다운 꽃도 몇 번은 흔들리면서 피어난다. 나의 삶 역시 그래왔다. 상처와 실패에도 굴하지 않고 앞으로 나아가는 사람, 내 이름은 현재진행형이다.

2. 포기하지 않도록 해 준 위인(처칠)

2005년부터 청소년 및 청년 사역단체인 유스미션에서 드리는 예배에 나가다가 훈련을 받고 간사지원을 했다. 유스미션에 드리는 예배 중 말씀을 들으면 항상 이런 말을 들었다.

'절대로 절대로 포기하지마라!'

'절대로'는 '결코'라는 말로 바꿔도 된다. 이 말은 장애로 인해 힘들어도 삶은 포기하지 말고 인내하면서 갈아가라는 말로 들렸다. 이 말은 설교를 한 분이 만들어 낸 말이 아니었다. 이 말은 한 사람은 장애를 가지고 있었다. 이 말을 한 사람은 영국의 윈스터 처칠 수상이었다는 것을 말씀을 들으면서 알았다.

윈스터 처칠에게는 언어장애가 있었다. 명연설가로 유명하다. 언어장애로 인해 짧게 표현을 한 것이 관중들에게 강한 인상을 주었다. 제2차 세계대전으로 영국인은 피폐해져 있었다. 이런 상태의 영국인을 일으켜 세운 것은 윈스터 처칠 수상의 '절대로 절대로 포기하지 않습니다'라는 한마디였다.

비록 언어장애로 인해서 명연설이 나왔지만 처칠 수강의 한마디는 많은 사람들에게 희망을 줌과 더불어 자신감을 주었다. 다른 이들에게 용기를 주는 말, 희망을 주는 말을 해 주는 이가 있다는 것은 행복하다. 나도 어릴 적에 나에게 용기와 희망을 주었던 고마운 분이 있다. 바로 돌아가신 아버지다. 걷기연습을 할 때 넘어지면 아버지는 이렇게 말하면서 용기를 주었다.

"진행아, 천천히 일어나서 걸어라! 할 수 있어!"

주저 않고 싶은 마음도 있었다. 하지만 희미하게 들리는 아버지의 말은 용기를 주었다. 내 힘으로 일어나 한발 한발 내딛으며 나아갔다. 지금도 힘들어 지칠 때면 아버지의 그 말이 생각이 난다. 그리고 다시 일어나 생각을 가다듬고 긍정적인 행동을 한다.

전쟁으로 피폐해진 영국 국민들이었다. 하지만 그들을 다시 일으켜 세운 것은 말 한마디였다. '포기하지 마라'라는 말 한마디였다. 말 한마디의 위력이 느껴지지 않는가? 윈스턴 처칠의 이 말을 들으면서 비록 장애인이지만 주위에 절망에 빠진 사람들에게 희망을 선물해 주려고 한다. 그래서 매일 도전하는 삶을 산다. 치열하게 도전을 하는 삶을 통해 많은 사람들에게 희망을 나눠주려고 한다.

처칠이 어떻게 총리가 되었는지 그의 생애를 통해 알아본다. 1874년 영국 옥스퍼드에서 태어난 처칠, 1895년 육군사관학교를 졸업한다. 1899년 보어전쟁에 참가하여 포로가 되었으나 탈출에 성공을 한다. 그리하여 국민적 영웅이 되었다. 1900년, 정치에 입문을 하여 여러 요직을 거치게 된다. 처칠은 나치 독일의 군사력이 영국의 안전에 위협이 된다고 하여 영국의 군비낙후를 규탄한다. 영국·프랑스·소련의 동맹을 제창하였다. 이런 주장은 제2차 세계대전 직전에 이르러 그 정당성이 인정되기 시작하였다. 1949년 노르웨이작전 실패를 계기로 당시 총리가 해임이 된다. 그리고 처칠이 총리에 취임을 하게 된다.

처칠하면 '철의 장막'이라는 신조어가 생각난다. 이는 1946년 미국 미주리주 연설에서 한 말이다. 그는 1951년 다시 총리에 취임하여 '경(卿, Sir)'의 칭호를 받았다. 1955년에는 평의원으로 돌아가 하원에서 나랏일을 보았다. 그는 역사, 전기 등 산문에도 뛰어났다고 한다. 많은 저서를 남기기도 했다. 《제2차 세계대전》

으로 노벨상을 수상하였다. 또한 그림에도 소질이 있어서 화가로도 유명했다고 한다.

언어장애에도 불구하고 많은 업적을 남긴 윈스턴 처칠이다. 그에게 언어장애는 아무것도 아닐 것이었다는 생각이 든다. 처칠은 언어장애를 이기고 수상의 자리에 올랐던 위인이다. 치열하게 삶을 이어나가려고 노력을 했기에 '결코 결코 포기하지 말아야 한다.'라는 명연설이 나왔다. 치열하게 하루하루를 살아가고 있는 나도 포기하지 말고 인내하며 살고 있다. 그런 면에서 윈스터 처칠은 고마운 위인이다.

윈스터 처칠 이야기는 말이 어눌한 나에게 좋은 모델이 된다. 처칠도 언어장애를 고쳐보기 위해 노력을 했을 것이다. 치열하게 노력을 했음에도 불구하고 고치지 못 함을 알고 발음연습을 하지 않았을까? 다른 이들이 알아듣지 못할 만큼의 발음을 가지고 있었다. 하지만 지금은 알아들을 수준이 되었다. 사람들은 이렇게 말한다.

"포기하지 않고 발음연습을 한 진행이가 대견스럽다. 대단해!"

긍정적인 반응에 감사하면서도 더 노력해야겠다는 마음으로 오늘도 발음연습을 한다. 치열하게 발음연습을 한다.

윈스터 처칠이 한 다른 말이 있다.

"성공은 끝이 아니며, 실패는 돌이킬 수 없는 것이 아니다. 지속하고자 하는 용기가 중요한 것이다."

성공했다가 실패하기도 한다. 성공했다고 자만해서는 안 된다. 오르막길이 있으면 내리막길이 있고, 내리막길이 있으면 오르막길이 있는 법이다. 실패했다고 돌이킬 수 없다고 생각을 안 한다. 실패하고 주저앉지 않으려 한다. 실패를 통해 배우려고 한다. 실패를 디딤돌 삼아 일어나려고 한다. 많은 취업실패를 겪었다. 하지만 포기하지 않고 계속 지원서를 제출했다. 지속하고자 하는 용기가 중요하다. 포기하지 않는 마음이 지속하고자 하는 용기가 아니겠는가? 지속하고자 하는 굳은 의지가 참 자신을 만든다. 중간에 포기하더라도 그 포기가 오래가지 않는다. 한번 실패했다고 '난 안돼!' 하면서 그만둔다면 더 이상 나아가지 못 한다. 잠시 쉬어가더라도 멈추지 말고 나아간다. 매일 운동과 발음연습을 한다. 혹시라도 며칠 못 하게 되는 날이 이어지더라도 그런 날들이 오래가지 않는다. 어떻게 해서든지 지속시킬 장치를 만들어 놓는다. 알람을 맞춰 놓는다는 등 지속시켜 나갈 장치를 만들어 놓는다. 너무 큰 계획을 세우면 중간에 그만두는 경우가 있다. 그렇기에 할 수 있는 것, 꾸준히 할 수 있는 것을 목표로 작게 계획을 세우고 한다. 작게 계획을 세워 오랫동안 지속해 나가는 것이 적격이다.

'Never Never Never Give up!'

힘 솟는 말이다. 넘어지거나 힘들 때마다 아버지와 처칠의 말을 떠올린다. 안간힘을 쓴다. 다시 일어선다. 장애인으로 태어났지만, 나에겐 사명이 있다. 차별 없는 세상, 차이를 존중하고 서로를 이해하는 사회, 나아가 삶의 무게에 지친 모든 이들이 꿈과 용기를 갖는 세상을 만드는 것이다, 말로 가르치는 사람이 있고, 행동으로 보여주는 스승이 있다. 나의 온 삶으로 '희망'을 증명하고자 한다. 쓰러질 때마다 다시 일어서고, 부딪힐 때마다 견디며, 힘들고 어려운 사람들에게 손 내밀어줄 수 있는, 조금 불편한 몸으로 조금 나은 세상을 만들고 싶다. 오늘 하루도 '포기'하지 않았다.

3. 작은 소녀의 말 한 마디도 귀담아 듣다(링컨)

미국의 제16대 대통령은 에이브러햄 링컨이다. '에이브러햄 링컨'하면 무엇이 떠오르는가? 노예해방, 남북전쟁 등이 떠오를 것이다. 하지만 에이브러햄 링컨이 장애가 있었다고 말하면 "링컨이 장애가 있었나요?"하고 물을 것이다. 그는 지체장애, 뇌병변장애, 시각장애 같은 장애가 아니었다. 그는 안면장애가 있었다. '에이브러햄 링컨'하면 덥수룩한 턱수염이 떠오른다. 그런데 에이브러햄 링컨이 턱수염을 기르는 이유가 무엇일까라는 의문이 들지 않는가? 이는 안면장애와 연관된다.

링컨은 심각한 안면비대칭이었다. 얼굴뼈가 대칭이 되지 않아서 얼굴이 비뚤어진 경우가 안면비대칭이다. 에이브러햄 링컨은 좌우가 심각하게 비대칭이었다. 링컨 대통령은 이런 이유로 인상이 그리 좋지 않았다. 자신의 장애를 가리기 위해서 수염을 기른다.

수염을 기르게 된 데에는 하나의 일화가 있다. 링컨이 16대 대통령 선거에 출마할 무렵, 여덟 살 난 어린 소녀가 보낸 편지 한 통을 받는다. 편지 내용은 이랬다.

'얼굴이 너무 시골뜨기 같으니 수염을 기르면 보기에 좋을 것 같아요.'

편지를 받은 링컨은 어린 소녀의 제안을 고맙게 받아들인다. 그 후로 수염을 기르기 시작한다. 링컨은 소녀에게 이런 내용으로 답장을 보낸다.

'혹시 유세 중에 소녀의 마을을 지나가게 되면 꼭 들리겠노라.'

유세가 시작되었을 때 링컨은 그 소녀가 살고 있는 마을을 지나가게 되었다. 마을 역에 도착한 링컨은 손에 편지봉투를 들고 친히 그 소녀의 집으로 찾아갔다. 소녀의 아버지는 물론 온 동네 사람 모두가 너무나 감격스러워서 어쩔 줄을 몰라 했다. 그때 소녀는 흑인 하녀의 딸과 소꿉놀이를 하고 있었다. 그 모습이 매우 아름다워 보였다고 한다. 인종차별 없이 함께 어울려 사는 것이 링컨에게는 확신을 가지게 해 주었다. 이런 모습이 '미국을 위대하게 만들 것이다'라는 확신 말이다. 소녀가 살고 있는 마을의 방문은 '약속을 잘 지키는 링컨'이라는 이미지를 줌으로 신뢰감을 심어 주었다. 그리고 '노예해방'이라는 커다란 목표를 세우는 계기가 되었다.

링컨은 대통령이 되기 위한 유세를 시작하기 전부터 국민들에게 신뢰감을 주었다. '수염을 좋을 것 같다'라는 작은 소녀의 말 한 마디도 귀담아 들었던 링컨이다. 이런 모습이 링컨을 위대하게 만든 것이 아니겠는가? 나를 돋보이게 해 주기 위해 여러 조언을 해 주는 이들이 많다. 생각해서 해 주는 조언을 하찮게 생각하지 않고 마음에 담아주는 것을 넘어 행동을 한다. 다른 이들의 마음이 담긴 따뜻한 말 한마디도 귀담아 들으면 삶에 도움이 된다.

주위 사람들은 인생을 살아가는데 도움이 되는 말을 해 준다. 이런 조언을 해 준다.

"진행아, 발음연습을 할 때 거울을 보고 입모양을 보면서 해 봐."

"영화감독의 길을 갈 것이니 매일 단편영화나 독립영화 한편씩 보는 것을 추천해."

남이 해 주는 조언을 귀찮게 여기지 않고 일단 들어야 한다. 그러고 나서 곰곰이 생각을 한다. 그런 후 취할 것은 취하고 버릴 것은 버린다. 나에게 해 준 말이어도 맞지 않는 것일 수도 있다. 물론 도움이 되는 말을 할 때에는 상대의 상황을 알고 조언을 해 주는 것도 하나의 방법이다. 자기 위주로 조언을 해 버리면 역효과가 날 수도 있다. 아무튼 상대가 해 주는 말은 귀담아 들어주어야 한다. 링컨은 작은 소녀의 말 한마디도 외면치 아니하고 들어준 그 모습에서 위인임이 드러났다.

1809년 가난한 농부의 아들로 태어난 링컨은, 8세에 어머니와 사별을 한다. 교육은 1년도 채 받지 못하였다. 독서로 공부를 하였다. 이런저런 이유로 잡일을 하며 법률공부를 시작하였다. 1836년 변호사로 일을 한다. 유머러스한 화술로 인기가 많았다. 변호사로 일하던 중, 일리노이주 하원의원으로 선출이 되었다. 정치에 입문을 하게 되었다. 미국·멕시코 전쟁에 반대하여 인기를 잃고 은퇴를 한다. 다시 변호사로 돌아갔다.

링컨은 노예해방으로 유명하다. 1856년 새롭게 조직된 공화당에 입당을 한다. 노예제를 확장하려는 계획에 반대를 한다. 1860년 공화당 후보로 대통령에 당선이 된다. 그 후 1863년 1월 1일 노예해방을 선언을 하였다.

링컨은 했던 유명한 말 중에 이런 말이 있다.

"국민의, 국민에 의한, 국민을 위한 정부"

노예해방을 선언한 해, 격전지 게티즈버그에서 한 2분간의 연설 중 한 부분이다. 이 연설은 민주주의의 지침이 되었다. 1864년에 대통령에 재선이 되었다. 취임사에서 이런 연설로 감명을 주었다.

"어떤 사람에게도 악의를 품지 않는다."

1865년 4월 9일 남북전쟁을 종결할 수 있었지만 불행히도 링컨은 5일 후 워싱턴 포드극장에서 암살을 당한다. 링컨은 현재까지도 미국 국민들에게 존경받는 대통령으로 남아있다.

안면비대칭장애를 가리기 위해 수염을 기르던 링컨의 배후에는 작은 소녀의 진심어린 말이 있었다. 또한 작은 소녀가 흑인하녀와 소꿉놀이를 하는 모습을 통해 노예해방이라는 위대한 일이 일어났다. 링컨은 약속을 지키는 대통령이었다. 유세도중에 소녀가 사는 마을에 지나칠 때 들리겠다는 말을 지킨 대통령이다. 이런 모습의 대통령이었기에 지금까지도 미국 국민들에게 존경을 받고 있지 않을까?

작은 것 하나라도 그냥 지나치지 않는 것은 배려이다. 버스나 지하철을 타면 노약자석에 종종 앉는다. 앉아도 되는 정당한 자리이다. 그런데 그 자리가 꼭 내 자리라는 강박감은 없다. 나보다 불편하거나 노인이 앞자리에 서 있으면 양보를 한다.

"할아버지! 할머니! 여기 앉으세요!"

이러면서 자리를 양보를 해 주면 노인들은 극구 사양하신다. 비록 몸은 불편하지만 서서 갈 수 있다. 사양하는 노인들은 자신이 더 건강하니 서서 가도 된다는 말을 한다. 서로 양보하는 마음이 작은 것 하나라도 지나치지 않은 마음 아니겠는가?

작은 것 하나라도 그냥 지나치지 않는 링컨의 모습 속에서 참된 인간의 냄새가 풍겨진다. 섬세함이 전달된다. 그 섬세함이 링컨을 위인으로 만들었다. 작은 것 하나, 다른 이들의 말 한마디도 그냥 지나치지 않아야겠다는 다짐을 해 본다.

4. 불가능을 가능으로 만들다(헬렌켈러)

듣지도 못하고 보지도 못하면 어떨까? 어릴 적에 걷지를 못 해 아버지와 함께 걷기 연습을 했다는 말을 줄곧 해 왔다. 만약 걷지 도 못 하는데 듣지도 못 하고 보지도 못 하는 삼중의 장애를 가지 고 태어났다면 과연 지금까지 살 수 있었을까? 솔직히 생각만 해 도 무서워진다. 다행히 걷지 못 했다가 지금은 부자연스럽게나마 걷게 된 나보다 더 심각한 장애를 겪었던 위인을 이야기하고자 한다.

지금부터 이야기하고자 하는 위인은 태어난 지 19개월이 되 었을 때 심한 병에 걸려 목숨을 잃을 뻔하다 간신히 살아났다. 그

여파로 청각과 시각을 잃은 헬렌켈러이다. 헬렌켈러에게 어릴 적 세상은 빛도 소리도 없는 외로운 곳이었다. 헬렌켈러에게는 손을 내밀어 준 선생님이 있었다. 바로 설리번 선생님이다. 설리번 선생님은 헬렌켈러에게 세상과 소통하는 방법을 알려주셨다.

헬렌켈러에게는 설리번 선생님처럼 세상과 소통하는 방법을 알려준 분이 있었다. 나에게는 돌아가신 아버지가 세상과 소통하는 방법을 알려 주었다. 아버지는 나를 걷게 함으로 세상에 다가갈 수 있도록 해 주었다. 아버지는 몸소 행동으로 보여줌으로 세상과의 소통하는 방법을 알려 주셨다. 아버지가 보여준 세상과 소통하는 방법은 무엇을 하든지 정직하게 행하고 최선을 다하라는 것이다. 아버지를 닮아서인지 마지막까지 마무리하는 습관이 있다. 일을 맡기면 마지막까지 마무리를 한다. 마포장애인자립생활센터가 마지막으로 다녔던 직장이다. 때로는 실수도 했다. 그 실수를 만회하려고 최선을 다했다. 실수를 만회하려고 한 것은 아버지의 성실함이 한몫을 했다. 세상과 소통하는 방법이 따로 있지는 않다. 설리번 선생님이 헬렌켈러에게 알려준 세상과 소통하는 방법도 단순한 것이었다. 눈이 보이지 않았기에 촉각을 느끼게 해 주었다. 물을 만지게 하면서 '이것이 물'이라는 것을 촉각으로 알게 해 주었다. 장애인에게 세상과 소통하는 방법은 장애인이 자립할 수 있도록 기반을 다져주는 것이 아닐까? 아버지는 세상과 소통하는 방법으로 내 힘으로 걷다가 넘어져도 일어나 다시 걸어 나가는 자세를 알려 주었다. 더불어 성실하게 살아가라는 마음을 정착시켜 주었다.

헬렌켈러는 더 많은 것을 알기 위해 공부하고 또 공부를 한다. 발성법을 배워서 더듬더듬 말도 할 수 있게 된다. 그러면서 자신과 같은 장애인의 상황을 인식하게 된다. 어두운 절망 속에서 느꼈던 희망이라는 감정을 공유하고 싶어 한다. 설리번 선생님처럼 그들을 돕고 싶다는 마음을 가지게 된다. 세상에 자신의 이야기를 알릴 기회가 찾아온다. 어려운 사람들에게 여러분들의 도움이 필요하다고 말을 하지만 사람들은 헬렌켈러를 장애인의 희망이자 기적의 여인으로만 바라볼 뿐이었다. 세상은 바꾸지 않았다. 그럼에도 불구하고 차별 없는 세상을 만들기 위해 더 적극적으로 발 벗고 나섰다. 헬렌켈러는 사회당에 가입해 정치에도 뛰어 든다. 겉과 속이 다른 정부를 비난하기도 했다. 인종 차별도 해결하지 못하면서 세계평화와 민주주의를 위해 싸우고 있냐는 발언으로 인해 일거수일투족이 정부의 감시대상이 되었다. 세상의 벽은 높았지만 희망을 버리지 않았다. 헬렌켈러는 시각장애와 영양실조 방지를 위한 단체와 장애인을 위한 병원을 만들었다. 조금씩 사람들의 마음이 점차 열리고 있다는 것을 느낄 수 있었다. 마침내 장애인을 규정하는 법이 생겼다. 여성에게도 참정권이 주어졌다. 1964년에 장애인과 소외계층의 인권을 위한 공로가 인정되어서 자유의 메달을 받았다.

보지도 목하고 듣지도 못하고 말도 못하는 장애를 가지고 있었다. 하지만 절망하지 않았다. 자신의 장애를 극복한 위대한 여인이다. 자신과 같은 처지에 있는 장애인들을 도울 방법을 찾았다. 미국을 비롯한 세계 각지를 돌아다니며 장애인 교육 시설과 교육방법 개선의 필요성에 대해 강의했다. 1924년부터는 미국맹인협회에 들어가 일하는 등 장애인복지 사업에 큰 역할을 했다.

"직접 보고 듣는 일반 사람보다 훨씬 더 감동적으로 표현했다."

이 말은 〈톰 소여의 모험〉을 쓴 유명한 작가인 마크 트웨인이 헬렌 켈러가 쓴 〈나이아가라 견문기〉를 읽고 평을 내린 내용이다. 헬렌켈러는 삼중의 장애를 겪고 있음에도 세계의 많은, 장애 유무를 떠나 엄청난 영향력을 끼친 인물이다. '빛의 천사'라고도 불리기도 한 그녀는 모든 이들의 희망의 아이콘이다.

"세상은 고통으로 가득하지만, 그것을 극복하는 사람들로도 가득하다."

헬렌켈러의 말이다. 고통으로 가득한 이 세상이지만 도전함으로 고통과 장애를 극복하는 사람들로 가득한 세상이다. 늘 행복하기를 바란다. 하지만 늘 행복할 수만 없는 세상이다. 그렇다고 늘 슬프기만 하지 않기에 다행이라 생각한다. 희노애락(喜怒哀樂)으로 둘러싸여 있는 삶이다. 좋은 일만 계속 될 수도 나쁜 일만 계속 일어날 수도 없다. 마음가짐이 중요하다. 마음가짐에 따라 늘 좋게 생각할 수도 있고 나쁘게 부정적으로 생각할 수도 있다.

청력과 시각을 잃고 언어조차 잃어가던 그때, 절망의 나락으로 떨어 질수도 있지만 그녀의 부모는 포기하지 않고 헬렌켈러를 위해 가정교사를 모시고 더 나은 미래를 위한 그림을 그렸다고 생각한다.

내가 걷게 된 데에는 아버지의 헌신이 있었다. 그 헌신이 장애를 극복하게 만들었다. 아버지는 이런 마음으로 걷기연습을 시켰다.

"불가능은 없다! 무엇이든지 가능으로 만들면 된다! 진행이도 연습만 하면 걸을 수 있을 거야!"

아버지의 생각을 읽을 수 없었으나 이런 마음이었으리라는 생각이 든다. 초등학교 1년 내내 눈이 오나 비가 오나 휠체어를 밀어주면서 등하교를 시켜 준 어머니도 존경스럽다. 비가 오는 날, 아들은 비를 맞지 않도록 하고 집에 온 후 한 말은 눈시울을 붉히게 했다.

"너만 안 젖으면 돼!"

장애를 극복할 수 있음에는 부모님의 헌신과 수고가 있다. 부모님의 헌신이 걷게 했고 이 날까지 살게 했다.

헬렌켈러는 '고개 숙이지 마세요. 세상을 똑바로 정면으로 바라보십시오.'라는 말로 두렵고 용기 없고 부족해 보일지라도 세상에 당당해 나가라는 희망을 선물해준다. 희망에 대해서도 헬렌켈러는 이런 말을 한다.

"희망은 볼 수 없는 것을 보고 만져질 수 없는 것을 느끼고 불가능을 이룬다."

많은 사람들에게 희망을 주고 1968년에 세상을 떠난 헬렌켈러는 불가능을 가능으로 만든 위인이다. 장애는 불편하지만 불행한 것은 아님을 몸소 보여주고 세상을 떠난 헬렌켈러의 삶이 나를 감동시킨다. 역경으로 인해 사명을 발견하게 해 주신 하나님에게 감사드린다.

5. 한계를 넘어서려고 노력을 했다(스티븐 호킹)

2020년은 코로나19 바이러스로 인해 경제, 문화, 예술 분야 등 모든 분야가 정지가 되어버린 초유의 해이다. 매년 8월이면 속초에서는 속초국제장애인영화제가 열린다. 하지만 코로나19 바이러스로 인해 올해는 열리지 못하였다. 2021년에는 열리기를 바라는 마음이 간절하다. 2019년 속초국제장애인영화제 사전행사로 아이스버킷 첼린지가 진행되었다. 아이스버킷 첼린지는 루게릭병 환우를 위한 비영리재단법인 승일희망재단에서 진행한 사전행사이다. 이 첼린지는 근위축성측삭경화증(ALS, 루게릭병)에 대한 관심을 환기시키는 동시에 루게릭병 환자를 돕기 위한 릴레이 기부 캠페인이다. 참가를 원하는 사람이 얼음물을 뒤집어쓰는 동영상을 SNS에 올린 뒤 다음 도전자 세 명을 지목해 릴레이로 기부를 이어가는 방식으로 진행된다. 지목을 받은 사람은 24시간 안에 얼음물 샤워를 하거나 미국 루게릭병협회에 100달러를 기부해야 한다. 찬 얼음물이 닿을 때처럼 근육이 수축되는 루게릭병의 고통을 잠시나마 함께 느껴보자는 취지에서 만들어졌다. 사전행사에 동참을 하였다. 아이스버킷 챌린지를 하면서 루게릭병 환우의 마음을 조금이나마 이해할 수 있었다.

2018년 3월 14일, 20세기를 대표하는 물리학가로 뽑히는 아인슈타인 다음으로 유명한 물리학자가 세상을 떠났다. 그는 고개조차 스스로 가눌 수 없는 루게릭병을 앓고 있었다. 바로 "아인슈타인 다음으로 천재적인 물리학자"라는 수식어가 잘 따라붙는 스티븐 호킹을 말하는 것이다. 스티븐 호킹 하면 그의 학문적 업적보다 루게릭병에 주목한다. 스티븐 호킹은 태어날 때부터 루게릭병 환우가 아니었다. 옥스퍼드대학을 3년 만에 마치고 20세에 케임브리지 대학 박사과정에 갈 때만 해도 건강한 청년이었다. 조종선수로도 활약할 만큼 건강했다. 그러나 박사과정을 공부할 때 별다른 이유 없이 자꾸 넘어졌다. 그의 아버지는 풍토병을 연구하는 학자였다. 그를 전문의에게 데려갔는데 근육이 점점 수축되다가 마침내 심장 근육에까지 이르면 사망하는 루게릭병이라는 사실을 알게 되었다.

스티븐 호킹은 움직일 수 있는 것이라고는 왼손의 손가락 두 개와 얼굴 근육 일부분이다. 육체로 할 수 있는 모든 것을 잃고 언제 죽을지도 모르는 그에게 어떤 희망이 있을지 모르지만 놀랍게도 전보다 행복해졌다고 말한다. 그리고 이렇게 말을 한다.

"나는 사형선고를 받았고 지금은 집행유예간이다. 하고 싶은 일이 너무 많다."

사형선고를 받아 놓은 사람이 어떻게 행복할 수 있을까? 스티븐 호킹은 자신의 루게릭병은 잊어버리고 살았던 것 같다. 죽을 날을 바라보며 산 것이 아닌 앞으로 남아있는 날을 생각하면서 하고 싶은 일에 집중하며 살지 않았을까? 그래서 저런 말을 하지 않았을까 하는 생각이 든다. 장애가 있을 뿐 활동하는 데에는 아무 부족함이 없는 나, 앞으로 남아있는 날 동안 해야 할 일에 집중하며 살아가려 한다. 내가 해야 할 일은 다른 것이 아닌 차별 없는 세상을 만드는 것이다.

스티븐 호킹은 '제2의 아인슈타인'이라는 수식어가 붙는다. 몸이 악화될수록 더 큰 명성을 얻은 스티븐 호킹은 아인슈타인이 일반상대성이론에서 예언했던 우주 특이성의 존재를 23세때 박사학위 논문에서 증명해내고 32세 때에는 영국학술원의 최연소 회원이 되면서 '제2의 아인슈타인'이라는 수식어가 따라 다니게 된다.

스티븐 호킹 루게릭병을 진단받기 직전에 그는 여동생의 친구인 제인 와일드(Jane Wilde)라는 문학도 여성을 파티에서 만나서 사랑에 빠졌다. 이들은 스티븐 호킹이 루게릭병을 진단받은 뒤인 1964년에 약혼을 했고, 그 다음 해에 결혼을 했다. 그녀는 스티븐 호킹을 병원이 아닌 집에서 치료해야 한다는 신념을 가지고 있었으며, 호킹의 증세가 점점 더 나빠질 때 옆에서 간호하면서 스티븐 호킹을 격려했다. 스티븐 호킹과 제인 와일드 호킹 부부는 세 자녀를 두었다. 스티븐 호킹은 목소리를 완전히 잃게 되지만 케임브리지 대학교 엔지니어의 도움을 받아 호킹은 특수 장치와 컴퓨터를 장착한 휠체어를 사용하기 시작했다.

스티븐 호킹은 2018년 3월 14일에 세상을 떠났다는 기사를 접한 후 깊은 애도를 표했다. 스티븐 호킹이 1988년 발간한 대중과학서 '시간의 역사'로 세계적인 베스트셀러로 등극해 세계적으로 1천만 권 이상 팔렸다.

스티븐 호킹은 생전에 이런 명언을 남겼다.

"아무리 삶이 고달프더라도 언제나 성공할 가능성은 남아있습니다. 삶이 지속되는 한, 희망이 있으니까요."

삶은 고달프다. 그렇더라도 삶은 지속된다. 그래서 희망이 있고 언제든지 성공할 가능성은 남아있다. 장애인으로 태어나 46년 간 살면서 고달픈 삶이었지만 도전하고 감사하는 삶이 희망을 만들어 주었다. 도전하고 감사하는 자는 마음에 장애가 없다는 마음과 자세로 살아왔다. 도전과 감사는 행복의 길로 인도해 주었다. 도전과 감사는 성장하게 해 주었다. 성공하는 것도 중요하지만 자신의 성장이 먼저 선행된다면 더 나은 성공이 기다리고 있다. 삶 속에서 작은 성장을 하여 작은 성공을 먼저 거두어보면 성취의 기쁨은 더 크다. 그 성취의 기쁨으로 성공으로 나아가면 된다. 매일 운동, 발음연습을 하는 시간이 행복하다. 그 시간이 감사이다. 이런 작은 행복과 감사가 있다면 작은 성장을 넘어 성공으로 나아갈 수 있지 않을까?

"삶이란 참 재밌는 것입니다. 그렇지 않으면 비극이죠."라는 말도 한 스티븐 호킹, 삶 속에서 작은 성장을 넘어 성공을 거두게 되면 재미있는 삶이 이어진다. 재미있지 않으면 비극이다. 무엇을 하든지 재미있게 하면 좋다. 운동도 재미있게 하고, 발음연습도 재미있게 한다. '재미'가 빠진 삶이야말로 무미건조한 삶일지도 모른다. 고달픈 삶이지만 긍정적인 마음으로 재미나게 살아가면 된다.

"무미건조한 삶이지만 한평생 사는 것, 웃을 수 있는 일을 만들고 재미나게 살면 돼!"

이런 마음으로 살면 위기도 기회가 되고, 역경도 경력이 되지 않을까? 스티븐 호킹은 재미있는 삶을 살다가 세상을 떠난 위인이다. 자신의 장애를 잃어버릴 정도로 연구에 매진한 그의 모습이 연상이 된다. 스티븐 호킹의 사진을 보면 항상 웃는 표정의 사진이다. 웃는 모습의 그에게 장애가 있다는 것이 느껴지지 않을 정도였다. 자신의 장애로 인해 도움이 필요했던 것은 분명했지만, 언제나 내 한계를 넘어서려고 노력했고 삶에 충실했다고 스티븐 호킹은 말한다. 그렇다. 나도 한계를 넘으려고 충실한 삶을 살아왔다. 한계를 넘기 위해 매일 작은 행동을 한다. 매일 작은 행동을 한다는 것은 삶에 충실하다는 것이다. 지금도 나를 바라보는 시선이 두렵지만 그 시선을 뒤로 하고 해야 할 일에 집중하며 도전하는 삶을 보여주려고 한다. '가능한 한 일상적으로 살려 하고 나의 상태는 생각하지 않으려 한다. 내가 할 수 없는 일에는 신경을 쓰지 않는다. 실제로는 못 하는 일도 별로 없다.'라며 유머감각과 여유를 잃지 않고 살다간 스티븐 호킹처럼 살다가 가리라.

6. 고통이 위대한 작품이 되다(헤르만 헤세)

"내 속에서 솟아 나오려는 것, 바로 그것을 나는 살아보려 했다. 왜 그것이 그토록 어려웠을까."

헤르만 헤세의 대표작인 '데미안'의 첫 구절이다. 이 첫 구절에 나타난 철학적인 성찰은 작품의 전반에 걸쳐 흐른다. 나로부터 시작하여 나를 향하는, 한 존재의 치열한 성장의 기록인 이 작품은 진정한 자아의 삶에 대한 추구의 과정이 성찰적으로 또 상징적으로 그려져 있다. "한 사람 한 사람의 삶은 자기 자신에게로 이르는 길이며 누구나 나름으로 목표를 향하여 노력하는 소중한 존재임을 헤르만 헤세는 상기시킨다.

데미안에서 유명한 구절은 이것이라고 생각한다.

"새는 알에서 나오려고 투쟁한다. 알은 세계다.
태어나려는 자는 한 세계를 파괴하려고 한다.
새는 신에게 날아간다.
신의 이름은 아브락시스다."

이 구절은 언제 읽어도 가슴 설레게 하는 구절이다. 태아는 엄마의 자궁 속에서 나와 인간이 된다. 애벌레는 번데기에서 나와 나비가 된다. 매미는 땅 속에서 나와 나무 위로 올라가 짝을 찾는다. 아이는 성장해서 가정을 나와 새로운 가정을 만든다. 익숙한 세계에서 빠져나와야 한다. 그래야만 새로운 세계에 진입할 수 있다. 익숙한 세계에서 오랫동안 있다 보면 다른 세계가 있다는 것을 잃어버린다. 이 길이 막히면 다른 길을 찾아야 한다. 새로운 길이 있으니 절망하지 말고 희망을 가지고 살아야 한다. 내 안에 앞날에 대한 두려움이 있지만 절망하지 않고 희망을 가지고 매일 작은 도전을 하며 산다. 내 몸의 장애를 바라보는 순간에는 살아나갈 길이 막막하다. 하지만 매일 도전하고 있는 나를 삶 속에서 발견하는 순간 내 안에 장애는 극복할 수 있는 가능성이라는 것을 알게 된다.

이런 유명한 작품을 남긴 헤르만 헤세도 신경쇠약과 더불어 언어장애로 평생 괴로워했다는 사실을 아는가? 정신과 의사에게 심리요법으로 치료를 받았던 헤르만 헤세는 정신과 의사의 권유를 받고 프로이드 심리학을 연구를 한다. 그 후 1919년 우리에게 잘 알려진 '데미안'을 완성한다. 마침내 이 작품으로 1946년 노벨문학상을 받게 된다.

헤르만 헤세는 독일을 대표하는 작가이다. 언어장애가 있어서 학교도 제대로 다니지 못했다고 한다. 극도로 신경이 쇠약해져서 자살을 시도하기도 했다. 자폐증에 시달렸다는 이야기도 있다. 공장에서 시계 톱니바퀴 다루는 일을 했지만 주위의 놀림과 비웃음으로 일을 못했다고 한다. 아마도 언어장애로 인해서 주위로부터 놀림감이 되었던 것 같다. 이런 이유로 정신과 의사에게 심리치료를 받았다.

학창 시절, 말하는 걸로 친구들로부터 놀림감이 되었다. 친구들은 내가 말하는 모습을 그대로 따라했다. 입모양까지 똑같이 했다. 화가 났다. 하지만 어찌할 수가 없었다. 그럴 때마다 그 친구들을 혼내 준 사람은 담임 선생님이었다.

"얘들아, 진행이 말 하는 것을 따라 하면 안 돼!"

그때 뿐이었다. 선생님이 안 계실 때에는 또 다시 같은 행동을 했다. 때로는 덤벼들어 싸우기도 했다. 하지만 역부족이었다. 휠체어에 의존해 있었던 터라 불리했다. 지금에 와서 드는 생각이지만 나의 장애에 대해서 알았더라면 당시 그 친구들도 그러지 않았을 거라는 생각이 든다. 당시 그런 친구들이 미웠다. 미웠지만 친하게 지내고 싶어서 다가가려고 노력을 수도 없이 했다. 괴롭히는 친구가 있었던 반면에 나와 가까이 지내고 싶었던 친구들도 있었다. 오히려 그런 친구들이 나를 괴롭히는 친구들에게 "진행에게 그러지 마!"라며 말해 주었던 기억이 난다. 완전하지 않지만 지금은 대화가 가능할 만큼 발음이 나아졌다. 어릴 적 나를 괴롭힌 친구들이 나를 만난다면 어떻게 말을 할지가 궁금해진다.

헤르만 헤세는 1877년 남부 독일의 뷔르템베르크에의 소도시 칼브에서 태어났다. 신교의 목사인 아버지는 인도에서 선교활동을 한 일이 있다. 헤르만 헤세의 서재에는 기독교 서적에서부터 그리스 및 라틴의 고전, 인도의 서적으로 가득 차 있었다. 이런 것은 헤르만 헤세에게 많은 영향을 주었다. 어릴 적부터 많은 독서를 한 헤르만 헤세는 어려서부터 동양종교에 흥미를 느꼈다. 18시게의 독일문학에도 심취하기도 했다.

14세가 되자 헤르만 헤세는 목사가 되기 위해 마울브론 신학교에 입학을 한다. 하지만 학교 규율을 제대로 지키지 못해 반년만에 퇴학을 당하고 만다. 그 후 극도의 신경쇠약으로 자살시도를 한다. 우울증으로 고생을 한다. 그럴 때마다 마음의 안정을 주었던 것은 괴테의 작품이었다.

앞에서 헤르만 헤세가 시계 톱니바퀴 다루는 일을 했다는 말을 했다. 이 공장을 그만두고 서점의 점원으로 일을 하게 된다. 그때의 체험을 소설《수레바퀴 밑에서》에 그려낸다. 헤르만 헤세를 일약 유명 작가가 되게 한 작품은 따로 있다. 자연 속에서 인간의 애정을 탐구하고 있는 1904년에 쓴《페터 카멘친트》라는 작품이다. 1904년에 아홉 살 연상인 마리아 베르누이와 결혼을 한다. 결혼 후 조용한 시골에 파묻혀 오로지 창작에만 몰두하며 지낸다. 그런 시골생활의 결과물이 1915년에 발표한《크놀프》이다. 우리에게 알려진《데미안》은 프로이드 심리학을 연구한 후에 쓴 작품이다. 헤르만 헤세는《지와 사랑》이라는 작품으로도 유명하다. 인간의 본성과 이성의 갈등을 그린 작품이다.

헤르만 헤세는 언어장애와 신경쇠약으로 힘겨운 세월을 보냈던 사람이다. 그럼에도 불구하고 그 고통이 위대한 작품을 많이 남기지 않았나 보다. 그는 고통을 사랑했다. '고통을 거부하지 말고 도망치려하지도 말라.'라고 말함으로 고통이 때로는 우리에게 살아갈 힘을 부여해준다는 사실을 깨우쳐 주었다. 한편으로 나의 장애도 고통이라 생각할 수 있겠지만 장애를 거부하지 않고 인정하고 도전하면서 살아온 인생이다. 그러기에 나는 장애는 선물이라 말한다. 헤르만 헤세는 후세 사람들이 언제 읽어도 가슴 뛰는 글, 두고두고 다시 보고 싶도록 만드는 글을 써서 감명을 주었다.

매일 글을 쓰고 있는 작가이다. 글을 씀으로 사람들에게 주고자 하는 기쁨이 있다.

"쓰는 것만으로 행복한 삶! 씀으로 위안을 얻는 삶!"

장애인들도 쓰는 삶을 살기를 바란다. 자신의 상황을 있는 그대로 적다보면 행복하게 된다. 쓰고 있는 글을 통해 문제가 해결될지 그 누가 알겠는가. 쓰기가 두려운가? 일단 써 보기라도 해보자. 안 된다는 마음만 버리면 다 된다. 헤르만 헤세처럼 앞으로 가슴 뛰는 글, 두고두고 다시 보고 싶은 글을 쓸 것이다.

7. 상상력의 세계로 이끌어 준 고마운 친구인 장애(토마스 에디슨)

"상상력, 큰 희망, 굳은 의지는 우리를 성공으로 이끌 것이다."

한 사람의 묘비명이다. 이 묘비명을 읽으면서 희망과 굳은 의지가 타올랐다. 성공으로 가는 길은 대단한 것이 아니다. 희망을 잃지 않고 굳은 의지로 살면 된다. 이 묘비명의 주인공은 발명왕 토마스 에디슨이다. 에디슨은 오하이오주에서 태어났다. 그가 발명에 대한 특허가 1,300여 가지나 된다. 그야말로 발명왕이다. 에디슨이 발명한 것은 축음기, 영화, 자동발신기, 전화 송신기, 전

차의 실험, 발전소 등 여러 가지가 있다.

에디슨의 집안은 무척 어려웠다. 학교 교육을 받은 것은 겨우 3개월뿐이다. 12세부터 철도에서 신문과 과자를 팔았다. 그러면서 화물차 안에서 실험에 열중한다. 그런데 화물차 안에서 화재를 일으킨다. 차장에게 심하게 얻어맞은 후 귀에 청각장애가 생긴다. 그 후에는 사람들과의 교제는 끊고 연구에만 몰두하는 생활을 한다.

에디슨의 특허는 1,300여개나 된다고 말했다. 그러면 에디슨이 받은 최초의 특허는 무엇이었을까? 1868년에 전기 투표기록기를 발명한 것이 최초의 특허이다. 이 특허는 패러데이의 《전기학의 실험적 연구》라는 책을 읽고 깊은 감명을 받은 에디슨은 그 책에 나오는 실험을 연구하다가 발명한다. 당시 에디슨은 역장 집 아이의 생명을 구해 준 답례로 전신술을 배우게 되어 전신수로 일하고 있었을 때였다. 그의 나이 15살 때의 일이다.

에디슨 하면 전구의 발명을 뽑을 수 있다. 전구의 발명은 세상에 새로운 빛을 만들어 주었다. 사업을 통하여 전구를 보급한다. 1882년에 세계 최초의 중앙발전소와 에디슨 전기회사가 창립되었다. 전기 실험 중에 발견한 '에디슨 효과'는 20세기에 들어와 열전자 현상으로써 연구되고, 진공관에 응용되어 전자산업 발달의 바탕이 되었다. 하지만 그의 회사는 많은 경제적인 손실을 보게 된다. 결과 에디슨은 회사에서 물러나게 된다. 전구의 특허권을 둘러싼 소송으로 인한 결과이다. 그때 에디슨이 한 말이 있다.

"나는 전구를 발명하였으나 전혀 이익을 보지 못했다."

독점 자본으로부터 버림을 받은 것이다. 에디슨의 비통한 심정이 나타나 있다.

에디슨은 이런 말로도 유명하나.

"천재는 98%의 땀과 2%의 영감으로 만들어진다."

에디슨은 소리가 안 들리는 자신의 핸디캡을 오히려 깊이 연구에 몰두할 수 있는 능력으로 만든 위인이다. 장애를 뛰어 넘어 위대한 발명을 많이 한 인물이다. 발명을 하는 데에는 그의 장애는 아무 것도 아니었다. 그의 장애는 그를 상상력의 세계로 이끌어 준 고마운 친구였다.

나에게 장애는 '장애'라는 장애물을 이길 수 있게 해 준 고마운 존재이다. 내가 글을 쓰게 도움을 주었던 이은대 작가를 오랜만에 만나는 자리에서였다. 후에 알게 된 사실이었지만 이은대 작가는 커피를 마시면서 내 손을 바라봤다고 한다. 나름의 직업병이라 사람을 만날 때마다 손을 유심이 본다고 하는 이은대 작가는 이렇게 생각하며 마음을 졸였다고 한다.

'글쓰기가 여간 힘든 게 아니겠구나.'

그로부터 6개월 뒤, 2020년 6월 10일에 《마음 장애인은 아닙니다》가 출간되었다. 이은대 작가는 책이 출간된 후에 괜한 염려였다는 말을 한다. 그렇다. 죽기 살기로 써 나갔고, 치열하게 써 나갔다. 그리고 살기 위해서 써 내려갔다. 《마음 장애인은 아닙니다》는 이렇게 써 내려가서 나온 소중한 결실이다. 글을 쓸 때만큼은 장애가 안 느껴진다. 글을 쓰고 있노라면 모든 어려움도 이길 수 있을 것 같은 마음이 들었다. 장애를 극복해 나가며 글을 매일 쓰는 꾸준한 작가의 삶을 보여주려고 한다.

에디슨도 귀가 안 들리는 상황이었지만 그 상황이 그에게 발명의 길을 열어 주었다. '역경이 경력이다'라는 말이 있다. 힘겨운 상황이 역전되어 제2의 전성기의 가도를 달릴 수 있다. 역경을 발판삼아 더 좋은 기회로, 화려한 경력으로 만들면 된다. 코로나19 바이러스가 유행되고 있는 현 상황도 잘만 활용하면 기회가 될 수 있다. 에디슨은 장애가 있다고 주저앉지 않았다. 자신의 장애를 이용하여 위대한 발명품을 만든 것처럼 비록 장애로 인해 불편하지만 글쓰기를 꾸준히 하여 '글 쓰는 기쁨'이 얼마나 좋은지 전하고 싶다.

에디슨은 이런 말도 했다.

"할 수 있는 일을 해낸다면 우리 자신이 제일 놀라워 할 것이다."

책쓰기는 할 수 있는 일이었다. 책이 출간된 후 내 자신이 놀라워했다. '이 책이 과연 내가 쓴 것인가?'하는 마음에 놀랍다는 생각이 들었다. 출판사로부터 책을 받은 날, 기쁜 마음에 펄쩍펄쩍 뛰었다. 상자를 뜯고 책을 정성스럽게 꺼냈다. 인내와 노력의 산물이었기에 조심스럽게 다루었다. 책을 포개놓고 사진을 찍었다.

"와! 내 책이다!"

책을 껴안고 한참을 앉아 있었다. 그런 후에 페이스북, 인스타그램에 올려서 알렸다. 나의 가능성을 보게 한 기쁜 순간이었다. 처음 걷게 된 날을 잊을 수가 없다. 내가 걷게 된 순간, 아버지도 놀라워 하셨지만 나 또한 놀라웠다.

"내가 걷게 되다니. 와우! 나 걷는다."

이렇게 외쳤던 기억이 난다. 무슨 일을 성취한 날은 그 누구도 못 잊는다. 에디슨도 전구를 발명한 날을 잊지 못 했을 것이다. 그의 핸디캡은 그를 몰두하게 해 주었다. 그래서 전구를 포함한 여러 위대한 발명품이 나왔다. 나도 책을 쓰면서 몰두를 했다. 책을 쓸 때에는 아무 것도 눈에 들어오지 않았다. 흰 바탕과 글씨만 보였다. 2020년 6월에 출간된 책은 집념과 몰두의 산물이기도 하다. 책을 쓰면서 무엇이든지 인내를 가지고 하다보면 결과물은 당연히 나온다는 것을 알게 되었다. 그런 면에서 나에게 장애는 인내이다. 오늘도 장애를 뛰어넘기 위해 글을 쓰고, 운동을 하고 발음연습을 한다. 매일 하는 행동이 성장시키고 행복하게 한다. 오늘도 성장하는 나를 발견한다.

8. 세계 장애인들의 우상(루즈벨트)

　장애가 있었음에도 불구하고 대통령을 꿈꾸었다. '장애인이라고 대통령이 되지 못하라는 법은 없잖아.'라는 마음이 있었다. 친구들에게 놀림을 받으면서 이 나라의 최고통치자가 되어서 '차별 없는 세상'을 만들고 싶은 간절한 소원이 있었나 보다. 장애인과 비장애인을 떠나 누구나 차별하지 않는 세상을 만들고 싶었다. 내가 꿈꾼 대통령을 이루어 낸 위인이 있다는 것을 자라면서 알았다.

　세계 장애인들의 우상이라 불리는 사람이다. 대통령 재직 당시 사람들은 그 사람이 장애인이라는 사실을 잘 모르고 있었다.

자신의 불편한 모습을 보여주고 싶지 않았다. 이유는 장애를 확대해석하지 않았다. 이 사람의 장애는 정적들에게까지 아무런 문제가 되지 않았다. 이 사람은 '소아마비 대통령'으로 미국의 제32대 대통령 프랭클린 루즈벨트 대통령이다. 루즈벨트 대통령은 태어날 때부터 장애인은 아니었다. 1921년 뉴욕 주지사 선거에 나설 준비를 하면서 가족들과 여름휴가를 보내던 중, 작은 섬에 불이 난 것을 보고 불을 끄러 가기 위해 호수의 차가운 물에서 오랫동안 헤엄을 쳐야 했는데 그날 저녁 고열로 생사를 오갈 만큼 열병을 앓았다. 바로 소아마비에 걸려 버린다. 그때 그의 나이 39살이었다. 재기를 앞두고 있는 시점에서 치명적인 결점이 생긴다. 하지는 포기하지 않았다. 1924년 정계로 복귀를 한다. 드디어 1928년 뉴욕 주지사에 당선이 되어 재임에 성공한다.

1882년 뉴욕에서 태어난 루즈벨트는 하버드대학을 졸업 후 1904년 컬럼비아 법학대학원에서 법률을 공부하여 변호사 자격을 취득한다. 뉴욕 주지가사 되기 전, 1910년에 뉴욕 주의 민주당 상원의원으로 당선에 정계에 진출을 한다. 루즈벨트는 휠체어에 앉아 12년 동안 대통령직을 수행한 인물이다. 4번이나 대통령이 된 세계적인 지도자로서의 업적을 남긴 대통령이다.

루즈벨트 대통령하면 뭐가 떠오르는가? 당연히 '뉴딜정책'이 떠오른다. 뉴딜정책은 미국의 루즈벨트 대통령이 대공황을 극복하기 위하여 추진한 일련의 경제 정책이다. 1932년 민주당 대통령 후보로 지명된 루즈벨트는 지명수락 연설에서 제창한 것이 뉴딜정책이다. 대공황으로 인해 전 국민이 고통을 받고 있었던 때다. 뉴딜정책만이 희망이었다. 허버트 후버를 물리치고 대통령에 당선이 되었다. 루즈벨트의 뉴딜정책은 잇달아 성공을 거둔다. 침체된 경기를 회복시킨 루즈벨트는 1936년 대통령에 재선되었다. 1939년에 제2차 세계대전이 발발한다. 1941년 참전에 의한 군수산업이 밑받침이 되어 미국의 경제가 살아나면서 실업자가 격감했다. 미국 국민은 루즈벨트에게 한 번의 기회를 더 준다. 1940년 3선 대통령이 되어 전후 처리문제에 주도적인 역할을 한다. 이렇게 전쟁 종결에 많은 노력을 기울였다. 1944년 네 번째로 대통령에 당선이 된다. 국제연합 구상을 구체화하는데 노력하였으나 1945년, 세계대전의 종결을 보지 못하고 뇌출혈로 사망을 하였다.

루즈벨트는 장애를 가졌음에도 불구하고 포기하지 않았다. 그가 장애에 굴복하고 포기했더라면 뉴딜정책이라는 위대한 정책이 나왔을까? 그가 아니더라도 다른 누군가가 생각을 했겠지만 말이다. 대공황으로 인해 국민들이 고통을 받고 있는 국민들을 차마 볼 수가 없었다. 국민들에게 희망을 주고 싶었던 루즈벨트는 제창한 뉴딜정책으로 침체된 경기를 살린다. 그가 가지고 있었던 장애는 아무 문제가 아니었다. 국민들은 그의 장애를 본 것이 아니었다. 그의 능력을 보았다. 아마도 루즈벨트는 대통령으로 재직하는 동안 자신이 장애인이라는 사실을 잊고 지냈을 수도 있다는 생각이 든다. 그의 머릿속에는 '국민, 경제회복'으로 가득 차 있을 것 같다. 이런 그의 마음이 미국을 구해낸다.

24년간을 휠체어에 의지해서 살았지만 불굴의 정신으로 장애를 극복해 내면서, 뉴딜정책으로 대공황을 극복했고 제2차 세계대전을 연합군의 승리로 이끄는데 혁혁한 공헌을 한 대통령이다. 그래서 미국인이 가장 존경하는 대통령으로 지금까지 평가받고 있다. 첫 대통령 취임사에서 그는 이렇게 말했다.

"우리가 두려워해야 할 것은 두려움 그 자체입니다."

이 말은 대공황으로 인하여 두려움에 빠져 있는 국민들에게 희망을 주었다. 장애인으로 46년간 살아온 나도 두려움 가운데 살지 않았다면 거짓말일 것이다. 늘 동행하는 장애로 인해 두려웠고, 사람들의 시선으로 인해 두려웠다. 앞으로 살아나갈 날이 두렵기도 했다. 길가를 지나가면 뒤를 돌아보는 습관이 있었다.

'누가 내 걸음걸이를 쳐다보지 않을까?'

이런 마음에 뒤를 돌아보곤 했다. 쳐다보는 이들이 있었지만 보고 지나치는 이들도 있었다. 그 시선이 두려웠다. 장애인을 바라보는 시선이 장애인을 두렵게 만든다. 두려움을 주는 시선을 개선하기 위해서 말로, 행동으로 보여주었다.

하지만 루즈벨트의 말에 용기를 얻었다. '두려움아! 덤벼라!' 하는 마음으로 매일을 살고 있다. 두려워하지 말고 두려움에 맞서 싸우면 된다. 도전하는 자에게는 두려움이 없다는 것을 매일 하는 작은 행동으로 작은 행복감을 얻는 데에서 실감한다.

"인생에서 가장 큰 기쁨은 세상이 당신은 못 해낸다고 말한 것을 당신이 해냈을 때이다."

내가 무언가를 해 냈을 때의 기쁨은 이루 말을 할 수가 없다. 성취했을 때에는 행복하다. 고2때 전국장애인체전에서 따지 못한 메달을 경기도장애인체전에서 획득했을 때, 하늘이 날듯이 기뻤다. 세상을 다 얻은 기분이었다. 메달을 획득함에 있어 세상 사람들이 '너는 해 내지 못할 거야'라는 말을 하지는 않았다. 선배들과 동료들은 늘 긍정이 기운을 주었다. "잘 해낼 거야! 널 믿어!" 이렇게 늘 힘을 실어 주었다. 여기서는 성취를 해 냈을 때의 기쁨을 말한다.

"장애인이기 때문에 어려울 거야?!"

이제는 '장애인이기 때문에 더 잘 할 수 있어!'로 바꾸어 생각을 한다. 신체에 있는 장애도 이겨냈다. 루즈벨트가 미국이라는 거대한 나라를 이끌었던 것처럼 능력과 강한 정신으로 어떠한 일을 맡겨 주어도 잘 해낼 것이다. 아버지에게 물러 받은 인내와 성실은 나를 강인하게 해 주었다. 실수를 하더라도 마지막까지 실수를 만회하려는 자세는 '장애인이기 때문이지'라는 부정적인 이미지를 보여주고 싶지 않아서이다. 한국해양수산개발원에서 일을 할 때이다. 잦은 실수를 하긴 했지만 상사의 응원과 격려의 말 한마디가 실수를 만회할 기회를 주었다.

"진행씨, 다시 해봐! 아자아자!"

이 말 한마디가 나의 장애를 잊게 만들어 주었다. 따뜻한 격려와 응원의 말 한마디가 차별 없는 사회를 만드는데 크나큰 힘이 되지 않을까?

제5장

나는 나를 믿는다

1. 모든 것은 생각하기 나름

　성장하기 위해서는 질문을 하는 것을 생활화해야 한다. 질문을 하려면 생각을 해야 한다. 어릴 적부터 질문을 자주 했다. 그때에는 다른 누군가가 아닌 나 자신에게 질문을 했다.

　'왜 장애인으로 태어났는가?'
　'왜 못 걸어 다니는가?'
　'왜 태어났는가?'
　'과연 살아나갈 수 있을까?'

질문은 꼬리에 꼬리를 물었다. 이 질문을 스스로에게 하면서 답답한 마음이 들었다. 풀리지 않을 것 같은 숙제처럼 느껴졌다. 또래 아이들은 걷기도 하고 말도 곧잘 하는데 나는 왜? '왜?'라는 의문이 들었다. 이 의문은 사명이 무엇인지 알기 전까지 계속 따라다녔다. 내가 누구이고 왜 태어났는지를 알기 위해 하나님에게 수없이 기도하면서 물어보았다. 학창시절, 친구들로부터 따돌림을 받았다. 당시 학교에는 아버지가 근무를 하고 계셨다. 하지만 아버지가 학교에서 근무하고 계시는 것은 때로는 도움이 되기도 했지만 한편으로는 도움이 되지 못 할 때도 있었다. 친구들은 상황에 따라 괴롭히고 따돌렸다. 심하게 따돌림을 한 친구가 있었다. 휠체어에서 벗어나서도 계속 따돌림을 당했다. 휠체어를 타고 있었던 1학년 때에는 친구들이 휠체어를 밀어버리면서 이렇게 말을 했다.

"야! 내려와 봐!"

무서웠다. 어찌할 방법이 없어서 친구의 말대로 내려서 기어다닌 기억이 난다. 걷기 시작했을 때에는 걷는 내 모습을 따라 하는 친구들이 있었다. 화가 났다. 그런 모습을 보면 다가가서 말을 했다.

"야! 따라 하지 마!"

그러면 그 친구는 내 말을 똑같이 따라했다. 온 몸이 부들부들 떨렸다. 그 친구에게 주먹을 날리고 싶었다. 도저히 날릴 수가 없었다. 부들부들 떨리고 힘마저 없었다. 그 후에 몇 번 다투고 그랬지만 다투어봤자 나만 손해라는 생각이 들었다.

그러면서 나에 대한 질문으로 질문을 하곤 했다.

"하나님, 저는 왜 이런 모습으로 태어났나요?"
"친구들과 사이좋게 지내고 싶은데 친구들이 자꾸 따돌려요."

묻고 또 물었다. 생각에 생각을 거듭했다. 그리고 기도했다. 어느 날이었다. 내 안에 음성이 하나가 들려왔다. 그것이 하나님의 음성인지도 몰라도 들려왔다.

"네가 태어난 이유는 차별이 없는 세상을 만들기 위함이란다. 비록 몸에는 장애가 있지만 마음에는 장애가 없는 세상을 만들기 위한 도구가 되어 주면 좋겠다."

내 안에 들려온 음성이었지만 그 말을 마음에 담아두었다. 이

음성이 내 생각을 바꿔놓았다. 그 후로 생각을 바꿔 친구들에게 다가가기 위해서 수많은 노력을 했다.

장애인으로 태어나 심한 따돌림을 받았다. 이것은 나에게는 고난이라 할 수 있겠다. 한번 생각해 보았다. 이런 고난을 주신 이유가 뭘까? '고난은 변장된 축복'이라고 한다. 생각하기 나름이다. 그렇다. 장애는 고난이 아닌 변장된 축복과 더불어 선물로 다가왔다. 장애는 도전하게 해 주었다. 매일매일 작은 행복을 주기도 한다. 장애로 인해 힘들다고 포기하는 것이 아니라 인내하며 살라는 마음의 자세도 선물로 주었다. 어릴 적 어눌한 말로 친구들에게 상처를 받은 마음은 매일 하는 발음연습으로 극복하고 있다. 상처를 주었던 그 친구들이 지금 나를 만난다면 이렇게 말을 할 것이다.

"와우! 진행이 발음 좋아졌다. 어릴 적 어눌한 말로 말을 하던 진행이 맞니?"

"노력 많이 했구나! 대단하다!"

그러면서 어릴 적 놀렸던 것을 사과하지 않을까? 어릴 적 아무 것도 모르고 한 일이라고 생각한다. 장애는 생각의 깊이를 넓혀 주었고 이해하는 마음을 열어 주었다. 장애는 참 고마운 친구이다.

생각하는 만큼 보이는 것 같다. 긍정적으로 생각을 하면 긍정적으로 보이고 부정적으로 바라보면 부정적인 시선으로 바라보게 된다.

"몸에 장애가 있다고 불평만 하고 살 수는 없잖아. 밝게 긍정적으로 사는 것이 나와 장애에 대한 인식을 바꾸는 거야."

그만큼 생각은 시야를 넓혀준다. 모든 것은 생각하기에 달렸다. 인간의 뇌는 단순하다. 말하는 것을 그대로 이행하는 것이 뇌다. 긍정적인 말을 하면 좋은 쪽으로 반응하고, 부정적인 말을 하면 나쁜 쪽으로 반응한다. 장애인을 '아무 것도 하지 못하는 사람'으로 인식하고 바라보게 되면 장애인을 외모만 바라보는 것이다. 무능력자로 인식하게 된다. 함께 할 수 있는 사람으로 인식하고 가능성을 본다면 장애인을 다르게 보지 않을까? 부정적인 인식이 차별을 만든다. 장애인도 세상 사람들이 그렇게 보도록 노력을 해야 한다. 노력도 하지 않으면서 세상이 바뀌기만 바라면 아무 소용이 없다. 헛된 메아리일 뿐이다.

《마음 장애인은 아닙니다》가 출간된 후 어떤 사람이 이런 말을 했다,

"이 책은 마음으로 힘들어 하는 분들에게 도리어 더 힘들게 할

것 같아요."

  맞받아치지 않았다. 생각하기 나름이라는 마음이 들었다. 제목
만 보면 그렇게 생각할 수도 있을 것이다. 하지만 이 사람은 읽어
보지 않고 제목만 보고 판단한 것이다. 만약 읽어 보았다면 저런
말을 하지 않았을 거다. 자기 나름대로의 해석이다. 생각은 자유
가 아닌가? 그 사람의 생각을 억지로 바꾸려고 하면 머리만 아플
뿐이다. 그렇게 생각하는 데에는 나름의 이유가 있다. 모든 것은
생각하기 나름이니까. 있는 그대로의 모습을 인정하며 살면 좋겠
다. 나는 나니까.

2. 도전하는 자의 마지막

삶은 도전하는 자의 것이다. 나아가 세상은 도전하는 자의 것이다. 매일 도전하는 인생을 살아왔다. 무엇을 위해 도전하는 것일까? 성공을 위해서 하는 것일까? 아님 성장을 위해서 하는 것일까? 도전하는 자의 최후는 과연 어떤 모습일까? 기대하면서 도전을 멈추지 않는다. 도전은 숙명과도 같다. 처음에는 장애인이라서 도전을 했다. 하지만 지금은 다르다. 장애를 뛰어 넘고 싶어서 도전을 한다.

도전하는 자의 최후 모습은 어떠할까?

첫째, 성공을 넘어 성장해 있는 모습으로 자리를 잡아 있을 것이다.

성공도 했으면 한다. 하지만 내가 성장하지 않으면 성공은 불가능하다고 본다. 물론 성공을 먼저 하는 것도 좋다. 그런데 성장이 토대가 된 성공이었으면 좋겠다. 더 나아가 이렇게 생각한다. 물질적인 부를 이룬 것도 성공이라 할 수 있지만 자신을 한계를 뛰어 넘은 것도 성공이라고 본다. 어릴 적, 걷지 못해 수도 없이 넘어지면서 걷기연습에 매진을 했다. 넘어지고 또 넘어지면서 '실패해도 다시 일어나 나가면 돼!'라는 정신이 정착되었다. 지금도 이 정신으로 나아가고 있다. '실패해도 다시 일어나 나가는 힘'이야말로 성장하는 삶이 아닐까? '도전하는 자는 승리한다.'라는 것은 확실하다. 그래서 항상 이렇게 말한다.

"다시 한 번 해보자!"

다시 해보자 하는 마음으로 나아가는 삶이 도전하는 삶이고, 승리하는 삶이다. 최종목적은 성장해 있는 자신의 모습을 발견하는 것이다.

성공을 좋게 여기고 실패를 좋지 않게 본다는 것은 아니다. 이 날까지 실패를 수도 없이 한 인생이다. 우디 앨런이라는 사람이 한 말이 울림을 준다. '한 번도 실패하지 않았다는 것은 새로운 일을 전혀 시도하고 있지 않다는 신호다.'라는 말을 했다. 원하는 일에 실패를 했으면 다른 일을 시도해 봐야 한다. 취업이 한동안 안되었던 적이 있었다. 지금도 마찬가지다. 전단지 배포 아르바이트를 한 적이 있다. 길을 가다가 전봇대에 붙여 있는 전단지 광고를 보았다.

'이거라도 해 볼까?'

이런 생각이 들었다. 그 전단지를 들고 바로 찾아갔다. 당당히 들어가서 사장에게 말을 했다.

"사장님, 저 전단지 배포 아르바이트 하 보고 싶은데 가능할까요?"

사장은 바로 가능하다고 하면서 전단지 200장 분량을 내 가슴에 안겨 주었다. 우리 동네에는 공구상가가 있다. 40개가 넘는 건물이 있는 곳이다. 내가 할 일은 건물에 입주해 있는 가게마다 전단지 배포하거나 주차장에 있는 차 유리창에 전단지를 끼어 놓는 일이었다. 더운 여름에 했던 아르바이트였다. 다 돌리고 나면 온몸이 땀으로 젖었다. 집에 가서 샤워를 하고 난 후의 개운함은 말을 하지 못 할 정도였다. 단 며칠간의 아르바이트였다. 하지만 일을 할 수 있음에 감사하다는 마음에 기분이 좋았다. 취업이 안 되었던 상황 속에서도 새로운 일, 할 수 있는 일을 찾아서 했다.

걷기 연습을 할 때, 운동을 할 때와 발음연습을 할 때, 그리고 글쓰기를 할 때 한번쯤은 다 그만두고 싶다는 마음이 들 때가 있었다. 하지만 성장해 있는 모습을 생각하면 그런 마음은 사라진다. 잠시 쉼을 가진 후 다시 시작한다.

둘째, 큰 어려움에도 흔들리지 않은 모습이다.

작은 행동을 습관으로 만들어 나가다 보면 삶에 어려움이 다가와도 흔들리지 않는 평정심이 찾아온다. 매일 작은 행동을 하는 그 시간에게만큼은 해결해야 할 일이 있더라도 잠시 잊고 행복감이 온 몸을 휘감는 것을 느낀다. 운동을 하는 것은 건강을 위한 것일 뿐만 아니라 장애를 뛰어 넘고 싶어서이기도 하다. 건강해야 하고 싶은 일을 할 수 있다. 코로나19 바이러스의 확진세가 거세지고 있다. 외출을 하지 못 하는 상황 속에서 홈트레이닝을 하고 있다. 발음이 좋아지기 위한 연습도 꾸준히 하고 있다. '하루 10분'을 넘어 요즘은 시간이 날 때마다 하고 있다. 강사라는 꿈이 있기에 당연히 그 꿈을 향해 나가기 위해 해야 한다. 언젠가는 기회가 온다. 분명히 온다. 준비과정이 힘들고 변수가 많을지라도 영향력 있는 강사가 될 날을 기대해본다. 즐거운 봄을 맞이하고 싶다면 추운 겨울도 이겨내야 한다. 삶은 매서운 만큼 추운 겨울이지만 서서히 따뜻하고 즐겁고 기쁜 봄은 기필코 온다. 추위를 모르면 따뜻함의 감사함을 모른다. '쓴맛'을 모른다면 '단맛'의 달콤함도 느끼지 못한다. 매일 하는 작은 도전이 달콤하게 해 준다. 그 시간만은 따뜻하고 포근한 봄과 같다. 작은 도전을 하는 나에게는 그 어떤 어려움도 두렵지 않다. 고난당할 즈음에 피할 길이 매번 생겼다. 작은 도전을 하다 보면 어떤 고난도 이길 수 있는 힘이 생긴다. 일주일에 한 번씩 관악산 둘레길로 산책을 한다. 걷다 보면 걷는 것조차 힘들어지는 때도 있다. 그럴 때에는 잠시 쉰다. 인생도 마찬가지이다. 살다가 힘들어지면 쉬어가기도 하는 것이 인생이다. 도전도 때로는 힘들기도 하지만 쉽기도 하다. 등산에 비유하기도 하는 인생길을 살고 있다. 올라갈 때에는 힘들고, 내려올 때에는 쉬운 것이 등산이다. 등산 같은 인생길, 도전하면서 살면 얼마나 좋을까? 힘들어서 쉬어가더라도 멈추지 않기만 하면 된다. 도전은 멈추지 않는 열정을 키워주었다.

나폴레온 힐의 저서 《놓치고 싶지 않은 나의 꿈 나의 인생》에서 '각오'의 중요성을 강조한 말이 있다.

"각오는 위대한 결단이며, 각오한 사람은 불안에 휩쓸리는 일이 없다."

나는 이렇게 바꾸고 싶다.

"도전은 위대한 결단이며, 도전하는 사람은 불안에 휩쓸리는 일이 없다."

도전하는 자의 마지막은 행복이 젖어 사는 삶이다. 결코 불안하지 않은 삶을 사는 인생이 도전하는 인생이다. 하루 24시간을 알차게 보낸다. 아침 6시에 기상하여 기도로 시작한다. 아침 식사 전 책을 읽는다. 식사 후 운동을 하고 글을 쓴다. 오후에는 책을 읽거나 시시때때로 발음연습을 한다. 매일의 삶을 허투루 보내지 않는 것이야말로 위대한 결단이다. 이것이 도전이다. 하루를 허투루 보내지 않는 삶이 행복한 삶으로 인도한다. 하루하루를 헛되이 보내지 않고 도전하며 사는 자의 마지막은 성장과 더불어 성공하는 삶이다. 성공을 넘어 성장을 원하는가? 도전하면 된다. 오늘도 도전하는 삶을 산다. 고로 행복한 인생이다.

3. 다시 시작하기

시작한다는 것은 설레게 한다. 처음 시작이 어렵긴 하지만 어떻게 해서든지 일단 시작만 하면 모든 것은 순조롭게 이어지지 않을까? 멈추었다가 다시 시작하는 것은 더 어려울지도 모른다. 그럴지라도 다시 시작하면 된다. 단 얼마간 그만두는 한이 있더라도 아예 그만두는 것은 아니다. 다시 일어날 수 있다는 것을 상기하고 일어설 준비를 서서히 하면 된다.

시각과 끝을 반복하면서 살아가고 있다. 입사 후 긴 기간 동안 일을 하는 사람도 있다. 하지만 경기침체로 입사와 퇴사를 반복하는 사람도 있다. 이렇게 살아가고 있고 이것이 삶이라는 것을 인생을 살아가면서 체험한다. 대학 입학 후 줄곧 입사와 퇴사를 반복하며 살아온 인생이다. 입사할 때마다 생각했다.

'다시 시작하는 마음으로 잘 해 보자!'

다시 시작하는 마음으로 시작한 회사생활은 그리 오래 가지 못했다. 비정규직 인생이었다. 길면 3년, 짧으면 1~2년이었다. 비정규직 인생을 말하는 것이 아니다. 입사 시에 항상 다시 시작하는 마음으로 시작했음을 말한다. 오래 일하고 싶은 마음은 간절했었다. 하지만 회사는 그런 마음을 과감히 뿌리쳐 버렸다. '나를 알아주는 회사가 분명히 있을 거야'하며 다른 회사를 알아보았다. 다시 입사하면 다시 시작하는 마음으로 일을 하는 것이 반복되었다.

도전하는 것도 다시 시작하는 마음이 필요하다. 도전하다가 실패했다고 그만두지 않는다. 며칠 쉬더라도 다시 시작을 한다. 걷기연습을 했을 때에도 그랬다. 넘어져서 한참동안 앉아 있었다. 아버지는 몇 번 일어나서 걸으라고 말을 하셨다. 하지만 꼼짝도 하지 않는 것을 보며 한참동안 바라보고 계신 것이 기억난다. 한참 주저앉고 있었다. 몇 분 후 아버지의 말이 희미하게 들렸다.

"진행아, 일어나 걸어야지. 그래야 걸을 수 있어. 자, 천천히 일어나 걸어보자."

다시 시작하는 데에는 다른 사람의 격려가 힘이 될 때도 있다. 사람들의 격려로 도전은 이어지고 있다. 격려는 도전을 지속할 수 있도록 하는 자동차의 엔진과 같다. 아버지의 격려는 걸을 수 있도록 만들어 준 엔진이었다.

힘들고 좌절될 때마다 힘이 되어 준 이들이 있다. 그들의 응원은 다시 시작할 힘이 되었다.

"다시 시작할 수 있어. 그 동안 열심히 달려왔으니 잠시 쉬었다가 시작하면 기회는 올 거야!"

힘들고 좌절된다고 무너지면 영영 일어서지 못 할 수도 있다. 기회는 온다는 주위 분들의 말이 다시 일어설 힘을 주었다.

'아무 일도 하지 않으면 아무 일도 일어나지 않는다.'

이 말은 시작에 대한 도전을 준다. 시작을 해야 일이 일어난다. 만약 내가 걸으려고 하지도 않고, 발음연습도 하지 않고, 운동도 하지 않았다면 지금의 내가 존재할 수 있을까? 작은 도전은 움직이게 했고 시작하는 힘을 주었다. 아무 것도 시작하지 않으면 아무 일도 일어나지 않는다.

강의하고자 하는 마음도 도전하는 마음에서 시작되었다. 강의하고 싶은 마음이 도전하게 만들었다. 그래서 움직였다. 발음연습을 했다. 체력을 기르기 위해 운동을 한다. 체력이 박쳐 주어야 강의도 할 수 있다. 처음으로 강의를 한 날, 부들부들 떨면서 강의를 했다. 그 날이 잊을 수가 없다. 코로나19 바이러스로 인하여 강의가 안 들어오는 것은 사실이다. 그럼에도 불구하고 강의할 날을 기대하며 발음연습을 한다. 다시 시작하기 위한 준비를 하고 있다.

다시 시작한다는 것은 아직도 열정이 남아 있다는 것이다. 열정이 없다면 다시 시작할 마음조차 들지 않는다. 남아 있는 작은 불씨가 가슴에 남아 있는 것이다. 다시 시작해서 그 작은 불씨를 타오르게 하면 활활 타오른다.

"끝도 있어야 시작도 있다."

코리안 특급 박찬호 선수의 자전에세이 제목이다. 아무리 소중한 것이라도 떠나야 할 때가 온다. 그런 만큼 다시 시작할 때에는 잘 하려는 자세가 있어야 한다. 이렇게 말하고 싶다.

"끝이 좋아야 새로운 시작도 잘 할 수 있다."

일을 하면서 실수가 많았던 회사생활을 했다. 하지만 마무리는 철저하게 하고 나왔다. 끝은 좋게 해 놓고 나왔다. 사회복지법인 '해든'에서 나온 후 다닌 회사에서는 시작과 마무리를 잘 했다. 오래 다니지 못 한 것이 아쉬울 따름이다. 더 이상 계약연장이 안 되는 아픔을 껴안고 퇴사를 했다. 마지막으로 다닌 회사에서 근무를 하고 집으로 오는 날, 이렇게 되뇌었다.

"새로운 시작은 반드시 온다!"

새로운 시작은 바로 오지 않았다. 회사에 취업을 위한 계획을 세우지 않고 한동안 혼자만이 갈 수 있는 길을 찾았다. 지인이 소개를 해 주어서 꽃판매를 시작한다. 퇴사한지 1년 뒤였다. 그리하여 1인기업의 세계로 진입을 하게 되었다. 작년 말에 꽃판매사업을 접고 지인형님이 하시는 사진액자화환사업으로 전환해서 하고 있다. 하지만 이마저도 여의치가 않아서 재택근무를 구해서 겸하여 하고 있다.

작가로서의 삶을 시작한 것도 새로운 시작이다. 2020년 6월 출간 후, 4개월 만에 다음 책을 준비하고 있다. 《마음 장애인은 아닙니다》는 순조롭게 썼다. 하지만 이번에 쓰고 있는 책은 쓰다가 멈추고를 반복을 했다. 한 꼭지를 쓰는데 하루가 걸린 적도 있다. 그만큼 심혈을 기울였다. 하루가 걸리든 몇 시간이 걸리든 멈추지 않고 써내려갔다. 한 꼭지를 쓰기 시작할 때 처음으로 글을 쓰는 자세로 썼다. 생각에 생각을 거듭하면서 썼다. 새로운 시작인 작가의 삶은 생각의 폭을 넓혀 주었다. 아직은 글을 잘 쓴다고 볼 수가 없다. 매일 글을 쓰다보면 갈수록 나아지리라 믿는다. 새로운 길로 시작을 했으니 이로 인해 신선한 일이 많이 생기리라는 희망이 있다. 이렇게 외쳐본다.

"Begin again!"

4. 인내와 열정사이

장애를 인내라고 여기면서 살아왔다. 장애는 인내로 참되게 바꾸어주었다. 불편한 몸을 가졌지만 하고자 하는 의지는 강했다. 장애를 이겨내고자 하는 마음이 열정을 심어주었다. 만약 열정이 없었더라면 걸어 다니는 모습을 상상할 수 있었을까? 미약하게라도 말을 하는 모습을 상상할 수 있었을까? 열정이 있었기에 걷기 연습과 발음연습을 했다. 열정이 인내하며 나가게 했다.

아버지에게 받은 것이 많다. 성실함과 더불어 열정도 받았다. 아버지는 자신의 일에 애정이 많았다. 학교에서 근무할 때, 무슨 일이든지 아버지에게 일임하는 모습을 보아 왔다. 그만큼 열정적으로 일을 한다는 증거이다. 집에 와서도 아무 것도 하지 않는 모습을 보여 준적이 없다. 집안과 밖이 같은 사람이었다. 이런 사람을 열정이 있는 사람이라고 하지 않을까? 아버지를 닮아서인지 가만히 있지 않는 성격이다. 걷기연습을 할 때에도 아버지는 이렇게 말을 하는 것 같았다.

"인내하면서 걷기연습을 하는 것은 열정이 있다는 것이란다."

그렇다. 어떤 일을 인내하면서 한다는 것은 그 일을 열정적으로 한다는 것을 나타낸다. 어떻게 보면 열정과 인내는 비슷하면서도 다른 것 같다. 앤절라 더크워스가 쓴 《그릿(GRIT)》에는 열정과 인내를 성장에 필요한 것이라고 한다. 이 책에서 말하는 열정은 장기적인 관점에서의 지속성을 의미하고, 인내는 단기적인 관점으로서 어려움, 장애물, 재수정과 피드백 등이 필요할 때도 끈기 있게 해결될 때까지 매달리고 부딪히는 태도를 의미한다. 이 책에서는 다르게 설명을 하고 있다. 하지만 나는 인내와 열정이 지속하게 한다는 점에서 같다고 본다. 지속을 하려면 끈기도 있어야 한다. 끈기가 있어야 인내할 수 있다. 끈기는 끝없는 열정을 불태우게 한다.

어릴 적에 살던 고향 시골집에는 자주 가지고 놀았던 장난감이 있었다. 어릴 적에는 그 장난감이 이상했다. 넘어뜨리면 다시 일

어난다. 바로 '오뚝이'라는 장난감이다. 걷기연습을 시작한 며칠
은 자주 넘어졌다. 자주 넘어지고 난 후, 집으로 돌아와서 오뚝이
를 가지고 놀면 화가 났다. 이런 말을 했다.

"나는 넘어지면 저 오뚝이처럼 바로 일어서지 못할까?"

화가 나서 오뚝이를 던져 버렸다. 옆에서 내 행동을 본 어머니
가 한마디를 하신다.

"화내지 말고 너도 이 오뚝이처럼 넘어져도 다시 일어날 생각
을 하면 어떨까?"

어머니 말을 듣고 오뚝이를 유심히 바라보았다. 그러면서 생각
을 달리 했다.

'그래, 이 오뚝이처럼 나도 넘어지면 바로 일어날 수 있을 때가
곧 올 거야. 열심히 연습하는 거야.'

오뚝이는 일어서고 싶은 마음에 열정을 심어 주었다. 넘어지면
다시 일어서는 오뚝이가 처음에는 미웠지만 어머니 말이 일어서
고 싶은 열정을 심어주었다. 오뚝이는 고마운 장난감이다.

매일 작은 행동을 하는 자에게는 멈추지 않는 열정이 있다. 열정은 인내를 하는 마음을 길러 준다. 열정을 이렇게 말하고 싶다.

'며칠 쉬더라도 계속 이어나가고자 하는 마음'

열정은 마음이라고 본다. 어떤 어려움이 다가와도 내부와 외부 환경에 주저앉지 않는 강인한 마음이다. 이런 강인한 마음의 소유자는 인내한다. 강인한 마음으로 살아왔다. 어려움이 왔다고 도전을 멈추지는 않았다. '그럼에도 불구하고'의 정신을 마음에 정착시켰다.

'그럼에도 불구하고 도전할거야!'
'그럼에도 불구하고 나를 위해 발음연습을 할거야!'
'그럼에도 불구하고 내 몸을 위해 운동할거야!'

멈추지 않는 열정이 지금을 만들었다. 어떤 일이든지 애정을 가지고 일을 했다. 직장을 다닐 때의 일이다. 일을 잘 할 때도 있었지만 가끔은 실수를 해서 임원진들을 당황하게 하곤 했다. 회사원은 서류관리를 잘 해야 한다. 1년에 한 번의 감사를 받는다. 감사를 받기 전 서루 몇 장이 안 보였다. 국장은 화를 내시면서 말을 한다.

"어떻게 해서든지 서류 찾아내세요. 감사가 내일인데 어떻게 할 거예요?"

"네...... 찾아내겠습니다."

감사전날, 밤을 세면서 찾았다. 결국에는 새벽 4시가 다 되어서야 찾아냈다. 찾고자 하는 의지가 없었다면 과연 찾아낼 수 있었을까? '꼭 찾아내야 해'라는 마음으로 사무실을 다 뒤졌다. 감사를 받은 후, 국장이 한마디 하셨다.

"서류도 잘 찾아냈고, 감사도 무사히 마쳐서 다행이에요. 끝까지 찾아내려는 그 열정은 대단했어요. 수고했어요."

전날 노발대발한 그 국장이 맞는지 의심스러웠다. 그래도 칭찬을 받고 마무리가 되어서 다행이라 생각했다. '열정이 대단하다'는 칭찬은 끈기가 있다는 말로 들렸다. 그 마음으로 회사를 퇴직한 후에도 열정을 가지고 무슨 일이든지 끝까지 마무리했다. 인내하는 마음과 열정은 어릴 적 걷기연습을 함께 해준 하늘에 계신 아버지에게 물러 받았다. 이 글을 쓰면서 아버지가 보고 싶어진다. 위대한 정신의 선물을 준 아버지에게 감사를 드린다.

열정이 없으면 인내는 불가능하다. 열정을 이렇게 정의내리고 싶다.

"열정은 삶을 불태우며 인내하는 삶을 만들기 위한 엔진!"

인내와 열정은 떨어질 수가 없다. 끝까지 완주하는 사람은 열정이 있다. 제주도 송악산을 마지막까지 완주 후 들은 한마디는 잊을 수가 없다.

"와! 마지막까지 완주하는 모습에 감동했어요. 열정이 전달됩니다!"

매일을 도전한다. 열정을 가지고 인내하며 달리고 있다. 인내와 열정, 평생 함께 하는 친구처럼 친밀한 존재이다. 오늘도 이런 친구들과 함께 하루를 시작한다.

5. 나를 알아야 진정한 승리자

'지피지기(知彼知己)면 백전백승(百戰百勝)'

이 말은 충무공 이순신의 《난중일기》에 나오는 말이다. 충무공의 의도인지 아닌지 모르지만 『손자병법』의 원문과 달리 인용했다. 손자병법에 나오는 원문은 아래와 같이 다르게 나와 있다.

'지피지기(知彼知己)면 백전불패(百戰不殆)'

백 번 싸워 백 번 이긴다는 적극적 규정이 아니라 백 번을 싸워도 위태롭지 않을 거라는 소극적 규정이 원문의 의도이며 대전제에 걸맞다. 손자는 《손자병법》에서 싸우지 않고 이기는 것이 최고 전술이라고 규정했으니 그 전제 아래에 딸린 세부 항목은 거기에 부합해야 조리가 맞다. 《손자병법》에서 말하는 것은 맞는 말이지만 나를 알아야 진정한 승리자라고 본다. 상대도 알고 나를 알면 금상첨화가 아니겠는가?

내가 말하고자 하는 '나를 알아야 진정한 승리자'란 46년간 장애인으로 살아온 삶을 이야기하고자 함이다. 장애인으로 살아오면서 나를 알고자 하는 노력을 해 왔다. 특히 '장애인으로 살아왔고, 살아온 나'에 대해서 말이다. 나를 이기기 전 먼저 이겨야 할 것은 장애였다. 하지만 장애를 이기기 위한 몸부림을 하면서 나에 대해서 알아간 것 같다. 지금까지 말을 해온 것처럼 처음부터 장애를 인정하지 않았다. 장애를 인정하기 시작한 것은 사명을 알고 난 뒤부터다. 사명이 무엇인가? 사명은 내가 살아가야 할 이유라고 본다. 내가 발견한 사명은 움직이게 하였다. 그 사명은 '차별 없는 사회'를 만드는 것이다. 장애인과 비장애인을 떠나서 말이다.

'나는 왜 장애인으로 태어나서 신체적인 어려움을 겪으면서 사는가?'

사명을 발견하는 과정에서 묻고 또 물었던 질문이다. 걷기연습을 하면서 신체적인 어려움을 겪는 것은 극복이 가능하다는 것을 알게 되었다. 하지만 이 사회에 아직도 존재하는 '차별'이라는 문제는 이 세상 모두를 위한 문제이다. 내가 바라는 사회는 차별하지 않고 평등하게 대해 주면서 서로의 차이를 존중해 주는 사회다. 나부터 차별을 하지 않는 모습을 보여주려고 한다. 다 같이 협동하고 사랑하며 살면 얼마나 좋을까? 서로 이해하면서 산다면 더 나은 세상이 오리라 믿는다.

내가 누구인지 아는 것은 행복한 일이다. 1인 기업 교육을 받는 첫날 수업에는 MBTI 검사를 한다. 교육을 받을 때마다 검사를 하면 같은 유형이 나온다. 'ISTJ형' 유형이 매번 나온다. ISTJ는 나를 정확히 나타내는 유형이다. 이 유형의 특색 중 나에게 맞는 것은 '책임감'이 강하다는 것이다. 앞에서도 말했듯이 아버지의 성격을 그대로 닮아서인지 책임감이 강하다는 것은 맞는듯하다. 의지가 강하다는 것도 정확하다. 걸을 수 있었던 것은 강한 의지가 뒷받침이 된 거라 볼 수 있다.

《마음 장애인은 아닙니다》는 강한 의지력으로 써 내려갔다. 책을 써 내려가면서 나에 대해서도 파악할 수 있는 시간을 가질 수 있었다. 초고를 마무리했을 때에는 내 강인한 의지력이 한몫했음을 알게 되었다. 지인들의 응원도 큰 힘이 되었다. 강인한 의지력이 한권의 책이 나오게 했다. '이것이 진정한 나구나. 결국엔 해내는 나. 이것이 진짜 나'라는 것을 발견하는 계기를 만들어 주었다. 이것이야말로 진정한 승리라고 본다.

2장과 3장에 걸쳐 말한 한국과 세계의 장애를 극복한 위인들도 자신을 알았기에 장애를 가졌음에도 불구하고 이겨내면서 강인한 의지력으로 살아온 인물이다. 치열한 삶을 살아온 그들이다. 그들에게도 자신의 장애를 두려워하고 힘들어했던 흔적들이 있다. 하지만 그들은 자신의 장애를 부끄러워하지 않았다 그렇게 한 이유는 자신이 누구인지 알았기 때문이 아닐까? 자신이 누구인지 알았기에 행복한 삶을 살았다. 롤모델인 닉 부이치치도 어머니가 보여준 신문기사로 인해 자신이 누구인지 알게 되었지만 어른이 되어 가면서 자신이 가야 할 길을 공부를 하고 준비해 나간다. 그러면서 세계를 누비며 강의를 하는 인생이 바로 자신임을 알아간다. 그리고 아리따운 여인을 만나 행복한 삶을 살고 있다.

매일 쉬지 않고 운동을 하는 것은 몸을 위해서이다. 나의 몸은 내가 안다. 건강을 위해서 또는 장애를 이겨내기 위해서 매일 운동을 한다. 나를 사랑하기 때문에 운동을 쉬지 않는다. 나를 사랑하는 것이 나를 아는 것이다. 자신을 사랑하지 않으면 자신의 몸을 귀중히 여기지 않을 것이다. 나의 몸이 소중하기에 운동을 꾸준히 하면서 게으름을 피우지 않았다. 건강이 악화되는데도 운동을 하지 않는다면 자신을 사랑한다고 할 수 있을까? 전자부품연구원에 다닐 때 퇴근 후 지하1층에 있는 체력훈련장으로 가서 개인 PT를 받았다. PT강사님과 함께 운동을 했다. 강사는 장애가 있는 나를 위해 재활을 위한 운동도 겸하여 해 주었다. 강사가 해 주신 말이 아직도 기억이 난다.

"진행씨, 매일 운동을 하면 건강도 좋아지고 다리에 힘도 붙일 거예요."

연구원을 퇴직한 후에도 운동을 쉬지 않았다. 동네 한 바퀴를 도는 것도 상당한 운동이 된다. 코로나19 바이러스가 성행중이지만 가끔씩 동네 한 바퀴를 돌고 돌아온다.

등산을 하는 이유도 나를 위함이다. 등산을 하면서 삶의 이치도 알았다. 아무리 삶이 힘들어도 나아가야 함을 배운다. 나와의 싸움을 통해서 인내를 배운다. 올라갈 때도 있지만 하산을 통해서 내려와야 할 때도 있음을 배운다. 인생은 소풍이다. 등산을 할 때에는 짐을 가볍게 하고 감을 통해 삶을 살아가면서 복잡한 생각을 버리고 단순하게 삶을 살아야 함을 배운다. 소백산 일출산행을 할 때 동행한 형님이 행동으로 보여주었다. 산행을 통해서 나를 알고 인생을 배웠다. 이렇게 치열하게 운동과 등산을 하는 것은 건강을 위해서, 앞날을 위해서였다.

인생에서 승리자가 되고 싶은가? 나를 알면 된다. 나를 아는 것이 진정한 승리자로 가는 길이다. 현재 내가 바른 길로 가고 있는지를 매일 성찰한다. 매일 저녁에 감사일기를 쓰면서 나를 돌아보는 시간을 가진다. 감사일기를 쓰다보면 현재 상태를 볼 수 있다. 승리자의 길을 매일의 삶을 통해서 맛보고 있다. 무엇보다도 나를 아는 것은 이것이다

"Love myself!"

나를 사랑하지 않는다면 남도 사랑할 수가 없다. 나를 아는 것은 나를 사랑하는 것이다. 장애로 힘든 나날을 보냈지만 나를 알고 사랑하게 됨으로 장애를 이해하게 되었다. 정체성을 알게 해준 장애는 치열하게 살도록 했다. 장애를 이겨내기 위해 치열한 삶을 살아왔다. 이것은 내가 소중하고 사랑스럽기 때문이다. 나의 소중함과 사랑스러움을 알지 못 했다면 과연 치열한 삶을 살았을까? 치열하게 살아온 삶이 감사하게 만들었다. 나의 정체성을 알고 사니 진정한 승리자이다.

6. 믿는 만큼 보이는 나

"걸을 수 있다는 믿음을 가져!"

걷기연습을 할 때 해 준 아버지의 말이다. 걷기를 주저하는 것을 보며 하신 말이다. 걸을 수 있는 나를 봐야 했다. 걷는 나를 상상해 보라는 말로 들렸다. 그 후로 걷고 있는 모습을 상상하며 걸었다. 상상은 믿는 나를 만들어 준 도구이기도 하다. 앞부분에서 나를 아는 것에 대한 말을 했다. 나를 믿는다는 것은 나를 안다는 것이 아닐까?

얼마만큼 믿느냐에 따라 보이는 것이 자신이다. 할 수 있다는 자신감이 있어야 한다. 처음에는 걷기를 주저했지만 '할 수 있다'라는 자신감을 가짐으로 지금까지 걷고 있다. 믿음을 주는 것은 중요하다. 아버지는 항상 믿음을 주었다.

"이진행, 넌 할 수 있어."
"주저 말고 한걸음씩 걸어 와봐."
"아버지가 앞에 있으니 걱정하지 말고 와봐."

아버지 말은 나라는 존재에 대해 알도록 해 주었다. '너를 믿고 당당히 내딛어 보는 거야.'하는 마음으로 행동을 통해 나를 믿음을 통해 볼 수 있도록 했다. 걸을 수 있다는 믿음이 가능성을 열어 줬다.

동강 래프팅을 갔던 날이었다. 래프팅은 도전이었다. '내가 과연 할 수 있을까?'하는 염려가 동강으로 가는 내내 들었다. 래프팅을 할 준비를 하는 동안에 가슴은 심하게 뛰고 있었다. 래프팅 하기 전, 두려운 마음이 있었다.

'할 수 있다는 자신을 바라봐!'
'동강을 건너고 있는 네 모습을 그려봐!'

래프팅하기 전, 내 안에 들려온 마음의 목소리다. 이 목소리가 가능성을 보게 했다. 동행한 지인들 격려가 크나큰 힘이 됐지만 내 안의 가능성을 바라보는 순간 오면서 했던 걱정은 동강 저 멀리 사라져버렸다 .

"할 수 있다고 생각하는 사람은 해내는 법이다. 의심하면 의심하는 만큼밖에는 못 하고, 할 수 없다고 생각하면 할 수 없는 것이다."

故 정주영 현대그룹 회장 말이다. 자신에 대한 믿음이 있어야 한다. 그리고 긍정적인 말을 해야 한다. '나는 할 수 없어!'라면서 자신에 대한 믿음이 없는 말을 하면 할 수 없는 인생이 된다.

"할 수 있어. 나는 기필코 해 낸다!"

아침마다 거울을 보고 외친다. 이렇게 하는 이유는 될 수밖에 없는 나를 믿기 때문이다.

나를 믿는다는 것은 가능성을 믿는다는 것이다. 장애인으로 태어나 살아왔지만 가능성을 매번 보여주려고 노력했다. 누구의 도움도 받지 않고 혼자 하는 자신을 바라보는 것이 또한 나를 믿는 것이다. 어머니는 항상 말하신다.

"내가 살면 얼마나 살겠니? 많으면 10년 살지 않을까? 평생 너와 살지는 못 할 거야. 그러니 혼자 살날을 위해 준비해라!"

그러면서 부엌 싱크대 하수구 관리하는 법부터 화장실 청소하는 법, 집 안에서 필요한 것들을 하나씩 알려주신다. 어머니는 나의 가능성을 매일 확인하신다. 장애인인 나보다 오래 살기를 바라면서도 하나씩 가르쳐준다. 가르치다가 못 하는 것을 보면 한마디 하신다.

"진행아! 하다보면 나아질 거야. 네가 걸었던 것처럼 말이야."

어머니가 오랫동안 내 곁에 있었으면 좋겠다. 하지만 바람대로 되진 않는 것이 죽음이다. 돌아오지 않았으면 하는 그날은 필연적으로 돌아온다. 나를 위해서, 어머니 소원을 위해서 기필코 해내고 마는 가능성을 보여주련다. 그것이 나에 대한 믿음을 보여주는 것이다.

도전을 일상으로 한다. 왜 도전하는 것일까? 해내는 나를 보고 싶고 믿기 때문이다. 도전을 하면서 처음에는 실패할 것을 생각하면서 하지는 않는다. '할 수 있다'라는 믿음으로 도전을 한다. 하다가 실패하더라도 될 때까지 하는 내 모습을 상상한다. 나를 믿어야 도전도 성공한다. 그러면 진정한 모습이 보인다. 발음연습을 매일 하는 것도 발음이 좋아질 모습을 기대하는 믿음이 있기 때문이다. 이 믿음이 발음이 좋아지도록 했다.

믿음은 모든 것이 가능하게 한다. 걷게 된다는 믿음이 나를 걷도록 했다. 아버지의 격려도 있었지만 걷는다는 믿음이 걸을 수 있게 했다. 걸을 때 마음속으로 되뇌었다.

"걸을 수 있어! 나는 걷는다!"

마인드 컨트롤을 통해 강인한 마음을 정착해서 걸을 수 있었다. 자신을 믿는 만큼 성장해 있는 자신을 발견한다. 갈수록 성장해 가고 있는 모습은 보람을 안겨 준다. 나를 믿지 않았더라면 지금의 나를 상상할 수가 없다. 대단한 성장을 기대하지 않는다. 매일 조금씩 성장해가는 모습만 보이면 된다. 자신을 믿는 믿음이 나를 성장시켜 주었다. 어릴 적, 걷기연습은 많은 성장을 시켜 주었다.

"절망하지 말고 다시 일어나 걸어 나가라!"
"인내하며 삶을 이어나가라!"

걷기연습을 통해 작은 성장을 해 왔다고 확신한다. 걷게 된 것은 진정한 나를 만난 기쁨을 주었다. 인격적인 성정을 하게 해 주었다. 장애인으로 살면서 힘든 상황이 오더라도 잘 인내하라는 성장의 가르침을 주었던 걷기연습이다. 고로 성장은 나를 발견하게 해준 또 하나의 친구이다. 46년간 잘 살아온 나에게 이런 말을 해 주고 싶다.

"잘 살아온 이진행, 멋지다! 앞으로가 기대된다!"

7. 기필코 해내고 마는 나

아무리 상황이 좋지 않더라도 절대 놓아서는 안 되는 것이 있다. 그것은 바로 꿈이다. 바라는 모습을 기대하며 바라는 꿈을 놓지 않기 위해 도전한다. 넘어지고 찢겨지더라도 다시 일어나 기필코 해내고 마는 것은 도전이다. 삶 속에서 장애를 극복하기 위해 도전을 멈추지 않았다. 기필코 해 내고야 마는 나를 그 도전 속에서 만났다. 물론 도전을 하다가 실패를 할 때도 있었다. 하지만 결코 멈추지 않고 달려왔다. 잠시 쉬어 걸지언정 포기하지 않았다. 끝까지 달렸다. 지금도 매일 도전한다. 도전을 할 때에는 '기필코 해내고 말거야'라는 마음자세로 시작한다. 될 때까지 하는 성격이다. 한번 마음을 먹으면 어떻게 해서든지 하는 데까지 해 본다. 포기는 하지 않는다. 며칠 쉬었다가 다시 도전을 하는 편이다.

초등학교 3학년 운동회 때 있었던 일이다. 운동회 때 100m 달기를 했다. 달리기 전 가슴이 쿵쾅쿵쾅 뛰었다. 그때에도 길을 가다가 자주 넘어지고 했었던 시절이었다. 완전하지 않은 다리로 달리기를 하려고 출전을 했다. 출발선에 서 있는 모습이 기억이 난다. 출발을 알리는 총소리가 들렸다.

"땅!"

그 소리를 듣자마자 힘차게 달렸다. 있는 힘껏 달렸다. 한 중간쯤 달려오다가 다리에 힘이 풀려서인지 넘어져버렸다. 울음이 왈칵 쏟아졌다. 그 때 응원석에서 목소리가 들렸다. 친구들 목소리였다.

"진행아!! 일어나 달려! 너는 달릴 수 있어!"

이 말을 하면서 친구들이 나를 부축해 골인지점까지 가려고 나왔다. 넘어져 있는 나를 일으켜 세우고 부축해 같이 뛰어 나갔다. 친구들과 함께 골인지점까지 완주를 할 수 있었다. 비록 함께였지만 끝까지 해 냈다. 누군가가 함께 해 준다면 끝까지 완주를 할 수 있다. 기필코 해낸다.

누군가가 함께 응원을 해 주면 기필코 해낼 힘이 생긴다. 코로나19 바이러스로 인해 모이지 못 하고 있는 모임이 있다. 바로 동기부여쇼 '라나쇼(라잇나우쇼)이다. 서로에게 동기부여를 줌으로 이루고자 하는 목표를 이룰 수 있도록 응원을 해 주는 모임이다. 여기에서 동기부여를 받아가면서 《마음 장애인은 아닙니다》를 써 나갔다.

《마음 장애인은 아닙니다》 초고를 쓸 때에도 기필코 해 내는 나를 보여주었다. 책을 쓴다고 했을 때, 몇몇 사람들은 이런 말을 했다.

"며칠 쓰다가 그만 둘 거야. 오래 못 갈 거야!"

이런 말에 마음상해하지 않고 계속 써 내려갔다. 초고를 마쳤다고 했을 때 좋지 않은 반응을 보여 주었던 사람들은 어땠었을까? 결국 해내고만 나를 보면 그들이 한 말은 이것이다.

"우와~~ 해냈네. 우리가 잘못 생각했구나."

그들은 내가 어떤 사람인지 모르고 그런 말을 한 것이었다. 이 말을 한 사람들은 내 책을 구입해서 읽고 이런 말을 해 주었다.

"부정적인 반응에도 불구하고 해낸 이작가, 존경한다."

남들이 불가능하다고 포기할 때 가능하도록 만들었다. 불가능을 가능으로 만드는 기질은 아버지에게 배웠다. 아버지에게는 안 되는 것이 없었다. 만능이었다. 어릴 적에 재미나게 본 영화 주인공 '맥가이버'를 연상하게 만든다. 맥가이버는 무엇이든지 잘 고쳤던 만능이었다. 포기를 몰랐던 아버지처럼 안 된다는 생각을 뒤로 하고 될 때까지 한다. 결국에는 마지막에 해 내서 주위를 깜짝 놀라게 할 때가 많았다.

소백산 일출산행과 지리산 노고단 산행도 한 사람이다. '내가 과연 산행을 마칠 수 있을까?'하는 마음이 있었지만 목적지에 도착한 순간 들었던 내 생각은 이거였다.

"해 냈다!!"

해 냈다는 것이 자신감을 주었다. 높은 산도 거뜬히 등산할 수 있다는 생각도 들었다. 몇 년 전, 제주도 송악산에 갔을 때도 그랬다. 계단이 많이 있었다. 하지만 계단을 하나하나 올리 가면서 드는 마음은 '마지막까지 가보자'였다. 마침내 꼭대기에 올라가서 외친 한마디는 이거였다.

"나는 해 냈다. 세상 어떤 것도 이겨낸다!"

기필코 해 내는 자는 끈기가 있다. 하고자 하는 의지가 있다. 고2때 전국장애인체전과 경기도 장애인체전에 출전할 때에도 그랬다. 연습과정은 힘들었지만 경기도장애인체전에서 메달을 땄을 때 그 기쁨은 달콤했다. 선배들의 혹독한 가르침을 따라 열심히 연습에 연습을 거듭하였다. 끈기와 인내로 연습에 임했다. 농구대에 고무줄을 메달아 놓고 폼연습을 하루에 100회씩 수도 없이 했다. 연습을 마치고 기숙사에 들어가면 온 몸이 아파왔다. 아픔을 참아 내며 다음 날도 연습에 임했다..

"기필코 해 낸다!"

이런 마음으로 연습을 해서 출전을 했다. 그렇게 값진 매달을 획득했다. 경기도장애인체전에서 메달을 땄을 때 외쳤다.

"값진 메달 따게 해 주셔서 감사합니다."

초등학교 1학년 때 넘어지고 또 넘어지면서 다시 일어났다. 이

것은 46년 동안 살아온 나에게 자양분이 되었다. 삶이 어려워지고 무너질 때마다 '기필코 일어나 해내고 마는 나'를 만들어주었다. 장애는 많은 것을 선물해 주었다. 인내하는 마음도 주었고, 자신감도 주었다. 앞으로 살아나갈 무기를 정착해 주었다. 살면서 항상 좋은 일만 있는 것은 아니다. 앞으로 살아나가야 할 날이 많이 남아있다. 평탄할 때도 있을 것이고 편하지 않을 때도 있다. 도전하는 인생은 이어진다. 아무리 힘들어도 도전은 계속 할 것이다. 잠시 쉬더라도 멈추지 않는 도전인생으로 살아가리라.

기필코 해 내는 자가 마지막에는 승리한다. 성장하는 모습을 결승점에서 만나는 날, 승리의 개가를 부리리라. 끝끝내 해 내는 인생은 언제나 ING이다.

8. 나다운 삶

장애인으로 살면서 나다운 삶을 살아가기 위해 노력을 해 왔다. 치열한 삶을 통하여 장애를 이겨내기 위한 삶을 살아왔다. 나다운 삶을 살아나갔을 때 행복함을 느꼈다. 과연 나다운 삶이 무엇이었을까? 어떤 것이 나답게 만들었냐?

첫째, 도전하는 삶을 살아온 것이 나답게 만들었다.
도전하는 인생은 아름답다. 도전할 때 행복하다. 진짜 내 모습을 만나는 시간이 도전하는 시간이다. '10분 행복한 투자'로 나다움을 찾았다. 발음연습, 운동, 글쓰기를 통한 적은 시간을 투자한 행복한 시간은 원하는 내 모습을 찾는 시간이다. 10분 행복한 투자를 하는 시간은 그 누구도 빼앗아갈 수 없는 나만의 나다운 삶을 만들어가는 시간이다. 그 시간이 감사하다. 도전을 통해 극복해 나가는 시간이다. 도전은 한계를 넘을 수 있도록 했다. 걷기연습을 통한 가능성을 보게 해 준 것도 도전이었다. 걷기연습을 할 당시에는 몰랐다. 걸어 나감으로 인해 진짜 내 모습을 발견했다. 나다움은 넘어질지라도 당당히 일어나 걸어가는 것임을 걷기연습은 알려 주었다. 아버지는 행동과 표정으로 말했다.

"걷기연습을 통해 다음에 세상에서 역경이 다가올지라도 일어서는 법을 배우기를 바래!"

아버지는 참모습을 볼 수 있도록 해 준 고마운 분이다.

둘째, 있는 그대로의 나를 인정하는 모습이 나답게 만들었다.
장애인으로 태어난 나를 있는 그대로 인정하기까지는 시간이 필요했다. 장애를 안고 있는 모습을 보기가 싫었다.

"왜 나는 장애인으로 태어났는가?"
"왜 나를 힐끗힐끗 쳐다보는 거지?"

이런 의문으로 초등학교 시절을 보냈다. 초등학교 3학년 때, 어머니의 손에 이끌러 교회를 나가기 시작했다. 처음에는 친구들이 잘 해주어서 나갔다. 그런데 어느 순간 기도를 하는데 하나님에게 원망만 하는 내 모습을 보였다.

"하나님, 저는 왜 이렇게 태어났나요?"

아무런 대답도 없으신 하나님이었다. 그럼에도 불구하고 기도를 쉬지 않았다. '언젠가는 내 기도에 대해 응답을 주실 거야.'라는 기대가 있었다. 어느 날 기도를 하는데 이런 음성이 희미하게 들렸다.

"진행아, 너는 지금 모습으로 충분히 아름답고 귀하단다. 너를 있는 그대로 인정해주렴!"

지금 모습을 있는 그대로 인정하라고? 그 말을 듣고 고개를 저으면서 하나님에게 화를 내면서 말을 했다.

"내 몸이 이런데 이 모습으로 인정하라고요? 말이 됩니까?"

계속 같은 말씀만 하시는 하나님이었다. 차츰 알아간 사실은 내 몸을 인정하라는 말의 의미를 알았다. 내 몸을 인정하라는 말씀은 내 몸을 사랑하라는 말이었다. 그 후로 비록 장애를 가지고 있지만 내 몸을 인정하고 사랑할 수가 있었다. 그래서 운동을 시작했다. 내 몸을 사랑하기 위해서는 몸이 건강해야 했기 때문이다. 운동을 통해서 현 상태를 인정하고 사랑함으로 서서히 인정해 나가기 시작했다.

셋째, 어떠한 상황 속에서도 감사하는 삶이 나를 나답게 만들었다.

감사하는 삶은 나를 돌아보게 하였다. 최대 감사는 '살아 있음에 감사'이다. 46년간 지켜 주셔서 감사하다. 삶의 모든 것이 감사제목이다. 매일 감사일기를 쓰고 잠자리에 들어간다. 이날까지 살아오면서 평탄한 길만 걸어온 것은 아니다. 그리 아니하실지라도 매사에 감사하는 마음으로 행동을 하였다. 감사하는 삶은 행복으로 이끌어준다. 감사하는 그 자체가 행복이다. 행복해서 감사하는 것이 아니라 감사해서 행복하다. 매일 드리는 감사인 '살아 있음에 감사'로 인해 매일 행복한 삶을 이어가고 있다. 주어진 내 삶에 불평하지 않고 '잘 된다'라는 긍정적인 마음으로 사는 것도 감사하는 마음과 연결된다. 삶에 기적을 낳는 말 한마디는 이것 아니겠는가? 이말 만큼 삶에 기적을 준 말은 없다.

"감사합니다! 고맙습니다!"

무엇을 받았기 때문에 감사하는 삶이 아닌 먼저 감사하는 마음으로 다가가면 모든 일은 평탄해진다. 이 말은 기적을 일으키는 마법의 말이다. 삶 속에서 이 말은 몸에 익숙해져 있다. 장애인으로 태어난 것을 불평했다. 하지만 지금은 다르다. 장애인으로 태어나게 해준 이유를 알고 나니 감사하는 마음으로 변했다. '차별 없는 사회'를 만들고자 하는 사명은 감사제목이 되었다. 장애가 불평이었지만 감사로 변한 것은 행복한 삶으로 나아가는 길이었다. 얼마나 행복한가는 감사함을 느끼는 깊이에 달려 있다. 앞으로 삶에 어떻게 나아갈지는 모른다. 항상 감사하는 마음으로 살아서 삶에 기적을 일으켜 보련다.

진짜 모습을 찾기 위하여, 나다운 삶을 살기 위해 고군분투했다. 장애를 극복하며 살아온 삶을 인정하는 삶이 나다운 삶을 사는데 도움을 주었다. 어릴 적 장애를 고쳐보기 위하여 수많은 병원에서 들었던 그 말로 살아나가야 했다.

"재활운동뿐입니다."

고칠 수 없고 재활운동뿐이라는 의사 말은 아버지를 움직이게 했다. 아버지는 걷기연습을 본격적으로 시작하기 전 의사가 한 말을 떠올렸을 것이다. 그리고 아버지는 나를 움직이도록 했다.

참된 나를 살기 위해 치열하게 살고 있다. 넘어지고 깨지고 다시 일어나 나아가는 삶을 계속 살아 나가고 있다. 자립해야하기에 그 날을 위해 준비를 한다. 나다운 성장을 위해 삶 속에서 10분 투자를 멈추지 않는다. 하루 10분의 투자는 어떠한 상황 속에서도 이겨낼 수 있는 삶의 근육을 만드는 시간이다. '삶을 바꾸는 10분 투자'에 대한 책을 써도 괜찮다는 생각이 든다. 평생 발음연습, 운동, 글쓰기, 독서는 쉬지 않는다. 하루 10분을 투자하는 것은 나다움을 위한 필수요소이다.

지금도 나다운 삶을 위해 노력하다. 더욱 더 완전해지기 위해 성장하면서 진짜 나를 만들 것이다. 그 날이 벌써부터 기대된다.

나가는 글

장애로 인한 46년을 보내는 동안 장애를 극복한 한국과 서양의 수많은 위인들이 도전과 극복할 자세를 알려 주었다. 그들도 장애를 가지고 있는 자신을 받아들이기 힘겨웠을 것이다. 차츰 정체성을 발견하고 받아들였을 것이다. 치열한 삶을 살면서 장애를 극복했을 것이다. 장애를 극복한 16명 위인들의 삶을 빗대어 생각해 보았다. 이 책을 통해 독자들과 나누고 싶은 것을 적어본다.

첫째, 성공이 아닌 성장으로 치열하게 살아라.

성공하기를 원했다. 물질적 부를 이루고 싶었다. 하지만 물질적 부도 얻어야 하지만 그보다 먼저 성장을 해야 함을 살면서 알았다. 성장이 뒷받침된 성공이어야 한다. 성장을 위한 작은 행동을 매일 한다. 발음연습과 운동, 글쓰기를 꾸준히 한다. '하루 10분' 투자로 성장을 향해 나아가고 있다. 위인들 삶에도 매일 작은 행동을 함으로 장애를 극복했을 것이다. 몸은 불편했어도 매일 하는 작은 행동이 그들 삶을 위대하게 만들었을 것이다. 매일 하는 소소한 행동이 성장을 넘어 성공으로 가는 길을 만들어 주리라 확신한다. 이렇게 생각한다.

'매일 하는 행동이 자신이다!'

치열하게 행동한 작은 습관이 모여 다이너마이트 같은 위력을 발휘한다. 삶을 불평하지 말고 매일 움직인다면 성장한다. 해 보기라도 해 봤으면 한다. 해 보고 얘기하자.

둘째, 다른 사람 말도 귀담아 들으면 이득이 된다.
에이브러햄 링컨은 한 소녀의 말을 귀담아 들었다. 작은 소녀 이야기라고 멸시하지 않았다. 귀담아 듣되 이득이 안 될 것 같으면 버릴 수도 있다. 들을 때에는 귀찮은 표정은 하지 말고 정성껏 들어주면 상대도 기분이 좋을 것이다. 걷기연습을 할 때 아버지는 항상 말하셨다.

"진행아, 앞을 보고 걸어. 바닥을 보지 말고."

아버지 말을 귀담아 듣지 않았다면 지금 걷고 있는 모습을 상상할 수 있었을까? 그렇지 않고 '못 걷겠어요.'하고 부정적인 반응을 보였다면 어땠을까? 지금도 휠체어에 의존하면서 보내고 있을 것이다. 그렇다. 아버지 말을 귀담아 듣고 앞을 보고 한발 한발 나아갔기에 지금도 걷고 있다. 상대 말 한마디가 성장을 향해 나아가게 한다. 아버지 진심어린 말이 걷게 했다. 아버지 행동을 보면서 배웠다. 아버지의 성실함이 지금 모습을 만들어 주었다. 도움이 되는 말임을 알고 일단 움직여보기라도 해 보자. 말이 사람을 움직이고 그 움직임은 자신을 성장시킨다.

셋째, 도전하는 자의 마지막은 승리임을 알자!

도전하는 인생을 살고 있다. 도전은 나를 이기는 습관의 길로 인도해 준다. 자신이 누구인지 알고 싶다면 도전을 해 보길 권하고 싶다. 할 수 있는 데까지 해 보고 포기해도 늦지 않다. 어려운 도전을 하지 말고 할 수 있는 도전을 하면 성공 가능하다. 잠시 쉬더라도 멈추지 않는 열정을 발휘하면 좋겠다. 멈추지 않는 열정이 도전을 가능하게 만든다. 도전은 멈추지 않는다. 장애를 이기기 위해 도전은 평생 갈 친구이다. '도전'이라는 친구와 천천히 가면 바라는 곳에 도달해 있으리라 믿는다.

이 책을 쓰면서 고마움을 전할 분이 있다. 이 책을 매일 쓸 수 있게 용기를 준 하나님께 감사를 드린다. 지난 6월에 출간한 《마음 장애인은 아닙니다》 책 출간을 축하해 준 지인들에게 감사를 드린다. 이 책을 쓰는데 큰 힘이 되어 준 스승 이은대 작가에게 감사의 말을 전한다. 이음공동체 교회 이준배 목사님을 비롯한 교회식구들, 현재 다니고 있는 한샘교회 조일남 목사님을 비롯한 성도님들에게 감사를 드린다. 마지막으로 이 장애인 아들을 이날까지 키워 주신 어머니, 하늘에 계신 아버지, 사랑하는 남동생 민행, 철행, 그리고 제수씨, 잘 자라서 올해 초등학교에 입학한 조카 태민에게 고마움을 전한다.

이 작은 책을 통해 치열하게 장애를 극복한 위인들처럼 매일매일을 불평하지 말고 치열하게 살아가길 바라는 마음 간절하다. 당신의 치열한 열정과 도전을 응원한다.

치열하게 살았던 2020년을 몇 주 앞두고
저자 이진행

참고문헌

1. 세종실록
2. 『한국민족문화대백과사전』 숙종편
3. 숙종실록
4. 고종실록
5. 허봉, 『해동야언』, 민족문화추진위원회
6. 조수삼, 「이단전전」, 『추재집』 권8
7. 안대회(2007), 『조선의 프로패셔날』, 휴머니스트
8. 『장애인문화예술의 이해』, 방귀희, 솟대, 2014
9. 『해외저자사전』, 교보문고, 2014

참고사이트

1. 두산백과사전 두피디아 www.doopedia.co.kr
2. 위키백과 한구어판 www.ko.wiipedia.org
3. 네이버지식백과 www.terms.naver.com

나는 매일 치열하게 살아갑니다

단 하루만이라도 평범할 수 있다면

인쇄일	2021년 7월 31일
발행일	2021년 7월 31일
저 자	이진행
발행처	뱅크북
신고번호	제2017-000055호
주 소	서울시 금천구 가산동 시흥대로 123 다길
전 화	(02) 866-9410
팩 스	(02) 855-9411
이메일	san2315@naver.com

ISBN 979-11-90046-25-1 (03800)

정가 15,000원

* 지적 재산권 보호법에 따라 무단복제복사 엄금함.
* 책값과 바코드는 표지 뒷면에 있습니다.

ⓒ 이진행, 2021, Printed in Korea